José Pazó
Deliria

Biblioteca Paralela LANGRE

Para Guillermo,
por su fe inquebrantable
en lo que no se ve.

Título *Deliria*
Autor José Pazó

© José Pazó

Prólogo Matías Jaque

Ilustración cubierta Ilustración de conchas. Un manual conchológico.
Sowerby, G. B. (George Brettingham), 1812-1884 — Ilustración de ruskpp
© Depositphotos.com

Imagen de contracubierta: Rosemary Thorne

© de la presente edición
C. de Langre, San Lorenzo de El Escorial

www.clangre.es

ISBN 978-84-124272-3-3
Depósito Legal M-9266-2024

Impreso en España

Me falla la memoria:
Recuerdo demasiado.
Recuerdo, por ejemplo, que no era.
(Roberto Juarroz, *Poesía vertical*)

Prólogo

No sería del todo desencaminado caracterizar a José Pazó como un Wittgenstein japonés que por un azar metafísico nació en Madrid. Y es allí donde ha desarrollado, sin que por ahora se dé por enterada demasiada gente, un *corpus* literario que gana con el tiempo no solo extensión —aunque valdría más decir, por razones que se volverán evidentes de inmediato, *ritmo*— sino intensión, sentido de obra. El libro que el lector tiene en sus manos conforma una unidad con al menos dos de sus libros anteriores: *El enigma de los espejos*, publicado en 2016, y *Banteki, el salvaje*, de 2015. Junto a *Deliria*, proponen un recorrido literario, intelectual y estético que, sin dejar de ser una confesión personalísima y arriesgada, perfila a la vez una teoría sobre el Lenguaje, una Ontología, una teoría sobre el Poder y un manifiesto sobre la condición humana. Temas, en suma, que cualquier editor desaconsejaría frente a otras empresas literarias sin duda más provechosas: retratar, por ejemplo, la intimidad de cualquier individuo, de cualquier ciudad primermundista, y dejar que, si el ejercicio revela algo de importancia sobre la condición humana, se deje traslucir sin que el texto —aunque siempre potencial beneficiario del mérito— incurra en la falta de decoro de explicitar sobre aquello una sola palabra. Mucho mejor, pues, mucho más segura la apuesta de ajustarse a las parcas frases de un minimalismo que, a fuerza de insistir, ha pasado a conformar un nuevo manierismo. No. Los libros de José Pazó adoptan la estrategia opuesta, la de *decir* hasta las últimas consecuencias, la de exprimir y expresar una idea hasta sentir, realmente, en la carne y en la letra, la vaciedad del sujeto. A través de una suerte de exploración en los límites del lenguaje —trazas para una *Bildungsroman* budista o acaso schopenhaueriana— el yo se descoloniza de imágenes, de palabras, de condiciones sensibles y de vínculos sociales. Explorar los límites del lenguaje puede sin duda entenderse como otro de los clichés heredados del siglo XX, pero si se lo practica y no solo se lo nombra, se dará uno de bruces con la verdadera Retórica, no como un arte que se domina, sino como una condición (física, mental) que se padece. Intentaré explicar qué quiere decir esto, y cómo se plasma en los temas y el estilo de nuestro autor.

Un procedimiento: la repetición

Había una vez un idiota que vivía recluido en un cubículo de cemento. El idiota se dedica a gritar y a contar olas. Atisba la suerte de su familia —su padre, su madre, un hermano que sucumbe a las tentaciones de la carne con la mujer del notario, vecino del pueblo—, que lucha contra el deseo y el aburrimiento en una casa emplazada a orillas del mar de Galicia. En algún momento, y por circunstancias lo suficientemente brutales, el idiota saldrá de su estupor y comenzará a escribir en las hojas procuradas por el hombre de blanco. El libro es el testimonio errático de esa experiencia, vista a trasluz del pulso lingüístico de un idiota, o exidiota. De eso se trata *Deliria*. O no. Se trata de las olas, y de su enumeración imposible como metáfora del lenguaje. O del lenguaje como una metáfora del mar, que es bastante más real que el lenguaje.

El texto, tal como sucedía con el *Enigma,* se articula sobre la insistencia, sobre la repetición. Ella es la base de su estética, de su narrativa, de su ideología. Es también, por supuesto, un reflejo y creadora de reflejos. Leerlo emula la experiencia de transitar una casa de espejos de cuyas imágenes, al tiempo que nos procuran divertimento y placer, no pudiéramos disociar cierta expectativa macabra y lúgubre.

La repetición engendra solemnidad, y eso se adecua a la noción de rito, de enigma. Existe en estos libros, *Enigma* y *Deliria,* el recuerdo de un mantra, de una oración, de algo religioso y fantasmal, y también de su doble, que es la proliferación, el exceso, la hipérbole. Si la repetición "seria" da el pulso y el temple ceremonial que todo enigma pide, la repetición "de broma" lo desacraliza, lo transforma de cifra en número, de enigma metafísico en cantidad bruta. Muchos pasajes de repetición controlada que alcanzan verdadera altura poética dan paso a fragmentos de humor en los que la repetición se hace número basto; como si una ordenada procesión de damiselas que se despliega graciosamente por un salón se tropezara y de golpe formara un esperpéntico montículo a los pies de la epatada audiencia. Palabras que ya no cifran sentido sino que enumeran significado.

La repetición, el número, atraviesa la textura de *Deliria*. Como mencionábamos, la ocupación principal del idiota es gritar y contar olas. Cuenta olas para meterse el mar, el mar entero, en la cabeza. El mar, con su vasta violencia informe, acaso consiga liberarlo del mundo de las distinciones, de las oposiciones, de los signos. Pero antes de eso, debe cumplir la tarea de atravesar la innumerable lista de las olas, como si pudiese construir la continuidad —y con ello cumplir cierta vaga esperanza de disolución— agotando la lista imposible de los objetos discretos que la componen: "Cuento un millón doscientas veinticuatromil trescientas treinta, un millón doscientas veinticuatromil trescientas treintaiuna, un millón doscientas veinticuatromil trescientas treinta y dos. Así, me lo voy metiendo poco a poco". Los números se repiten, nuevamente, como un mantra, como un pulso que muestra y sirve de condición para la existencia humana en el tiempo. Me permito citar por extenso uno de los fragmentos que es, a mi juicio, de los más certeros de un libro ya de por sí cargado de aciertos:

> Por eso hay que hacer visible al tiempo, hacerlo visible como sea, de la forma que sea. Hacer visible el tiempo es como hacer visible un fantasma. Para hacer visible un fantasma, se le pone una sábana encima. Bajo la sábana no hay nada, pero la sábana define el fantasma. Un fantasma es un vacío delimitado por una sábana.

> La vida es un vacío delimitado por el tiempo. Para conocer la existencia del tiempo, no se le pone una sábana encima. [...]. Para conocer su existencia, no se hace todo eso, simplemente se llena el vacío con palabras, como si fueran una sábana. No se hace todo eso con una sábana, simplemente se llena el vacío de ritmos.

Formulamos palabras como si existiese un sentido ulterior, una sustancia ajena al número, pero es solo el ritmo, revelado por el acto bruto de contar, el armazón hueco que ahuyenta la amenaza de un vacío mayor, del tiempo puro.

Unidad de los hechos, unidad del relato, unidad del lenguaje

Los libros de José Pazó plantean, de diversos modos, el problema de la autonomía del lenguaje y, con ello, de la unidad de las obras artísticas que lo emplean como material de construcción. Ya hemos dicho que la estrategia dominante, tanto en el *Enigma* como en *Deliria*, es la repetición. *Banteki,* la novela que las antecede, sustituye la repetición por el flujo incontenible de los hechos. El problema, en cualquier caso, es transversal: ¿por qué, y cómo, debería terminar el libro? ¿En virtud de qué propiedad es que ese flujo de lenguaje, que se ancla en hechos o repeticiones, o en prosecución de patrones, habría de finalizar? Si confiáramos en la lógica inherente de los eventos relatados (en la unidad de una *fábula*), la cuestión es relativamente independiente de los recursos formales empleados; si, en cambio, se sospechosa que el lenguaje es un artificio enumerador cuyo fin es exorcizar el vacío, la cuestión cambia.

Este dilema recuerda la tensión que Alexander Kojève[1] atribuía a la delimitación de un cuadro en pintura. En la pintura que Kojève consideraba *abstracta* (o la que nosotros consideraríamos *realista*), dado que se limita a *abstraer* fenoménicamente rasgos de una realidad siempre más rica, el cuadro podría en principio proseguir indefinidamente, y es un gesto completamente externo a la realidad pintada el que corta el río, la montaña o el bosque un centímetro más acá o un centímetro más allá. En cambio, en la pintura que el autor considera *concreta* (la que comúnmente llamaríamos abstracta, es decir, la de Kandinsky) el problema de la unidad se resuelve de manera inmanente, objetiva, y no surge de ninguna imposición "autorial" externa. Ese cuadro no remite a nada, no representa nada; es un hecho independiente en este mundo. La discusión sobre si la literatura puede gozar de un carácter concreto es larga, y los ensayos de "poesía concreta" (partiendo por Apollinaire, Huidobro, hasta Joan Brossa) suelen replicar la estrategia de una obra visual, que extrae su unidad y autonomía de criterios pictóricos. Pero las palabras, "esa condena humana de dos caras" (*Deliria*), son esencialmente distintas a las figuras bidimensionales; parecen condenar a la poesía a hacer que proliferen siempre rutas de referencialidad que rebasan el objeto

---

1 Kojève, Alexander. *Kandinsky*. Madrid: Abada Editores, 2007.

lingüístico (oración, poema, cuento, novela) y frustran la posibilidad de una poesía genuinamente concreta.

El problema subsiste en *Deliria*. ¿Por qué no seguir, indefinidamente, contando olas? ¿Por qué no proferir gritos informes que perturben la salud mental de la familia hasta el infinito? ¿Qué podría pasar para que esa prosecución hueca del ritmo se interrumpa? Además de contar olas, el idiota se expresa con gritos: "Mi grito soy yo". El grito es una forma de expresión interesante, en especial si lo observamos a la luz del problema de la posibilidad de una poesía concreta y, en consecuencia, de la autonomía de la obra artística. En la medida en que usemos palabras, siempre tendremos, a lo sumo, una inmanencia arrojadiza, tentada siempre de tocar el más allá del reino de las cosas. Pero el grito no. El grito, expresión prelingüística (o paralingüística, si preferimos esquivar la teleología), no pide nada fuera de sí; se agota en sí mismo; a lo sumo hace gala de una (breve) diacronía que lo ancla a la boca del que grita. Es, por fin, concreto:

Mi sentir lo he expresado a base de gritos. Mis gritos eran blancos y negros, como un teclado, pero de otros colores también eran. Mis gritos eran elásticos, pero a veces tenían la consistencia del granito. Mis gritos eran pequeñas creaciones mías, efímeras, como tantas otras formas de arte.

¿Hay algo más allá, no del grito, sino del acto de gritar? Debe haber algo fuera del grito, fuera del conteo de las olas. Mi ética de prologuista me impide aludir a los hechos, que los hay, y contundentes, que producen un vuelco en la vida del idiota y lo acercan al mundo del lenguaje, del ritmo heterogéneo, del tiempo domado, de la posibilidad del final del libro. Solo diré que entrar en el reino del tiempo humanizado tiene el costo de la sangre, de un pecado original con suficiente peso como para interrumpir el devenir informe de las olas, de los números, de la perspectiva contemplativa del idiota y, a cambio, clavar en medio la subjetividad de un hombre cargado de responsabilidad y, acaso, culpa. Pero que nadie se llame a error, ni piense que todo será miel sobre hojuelas:

> Llegar a escribir no fue nada fácil. Al principio, intentaba escribir como cualquier persona no idiota, uniendo una palabra con otra y luego una frase con otra. Pero pronto me di cuenta de que era incapaz. Pronto entendí que solo podía escribir como cagan las cabras. Ese es mi estilo, una bolita tras otra.

Y es que las palabras del idiota no llegan a materializar el pacto básico, o el espejismo primigenio, con el que los no idiotas nos entregamos felices a su uso: la existencia de un punto de arribo claro y nítido en el mundo exterior, las coordenadas a partir de las cuales se dibuja nuestro mapa. En cambio, sus palabras

> fluyen como un río, como un regato, como un arroyo, como fluido que buscan dónde reposar, siempre en caída. No saben dónde van a caer, cuál es ese lugar, pero lo buscan sin saberlo.

Si el grito nos brindaba la posibilidad de una expresión concreta, pero (literalmente) insignificante, la adopción de la palabra nos desgaja, nos despersonaliza, al caer siempre en un espejismo compartido; las palabras, esos "espejos de bolsillo" (*Enigma*), están allí para reflectar hasta el fin de los tiempos una imagen cuyo origen se pierde pero que, aunque reclamemos fugazmente su posesión mientras creemos hablar, no nos pertenece. A menos, claro, que esa caída carezca, como aquí se ilustra, de un destino claro; que eluda el espejo de bolsillo del no idiota que tengo a mi lado y suspenda, así, el juego de reflejos. Algo —frágil, inestable— entre el grito y la referencia, un signo en caída libre, en perpetua aproximación infinitesimal al sentido.

Me gusta pensar que esta alternativa comparte una poética con otros autores que José Pazó, intuyo, no ha leído, ni ha hecho falta que lea; casi diría que la condición para que esta poética sea genuinamente común es que ninguno de los autores implicados se haya leído el uno al otro, restricción que lamentablemente se cumple, hasta donde puedo especular, solo de modo parcial e imperfecto. Pienso en algunos versos de Roberto Juarroz, en algunos poemas de Mario Montalbetti. De Juarroz, podríamos citar innumerables fragmentos, pero elijo el siguiente[2]:

> La última voz del mundo
> no se parece a un límite,
> sino más bien a un tejo
> lanzado ya sin el estorbo
> de tener que acertar (p. 139, *Segunda poesía vertical*).

Hay, por otra parte, un poema de Montalbetti que sospecho que a José Pazó quizás le animaría a dar como respuesta un nuevo libro con repeticiones a ratos solemnes, a ratos cómicas y en suma filosóficas. Primero, veamos qué dice el idiota:

> Mi grito describe una parábola que alguna vez estudiarán matemáticos avezados.

Dice Montalbetti (o responde el lenguaje a través de Montalbetti)[3]:

> arrojo una palabra la palabra describe una parábola
> la palabra describe una parábola arrojo una palabra
> la palabra se separa se aleja de mí describe una
> parábola

---

2   Juarroz, Roberto. *Poesía vertical*. Madrid, Gredos, 2020.
3   Montalbetti, Mario. *Lejos de mí decirles. Poesía reunida (1978-2016)*. Liliputienses.

Sigue una muy paziana repetición de la tríada formada por la palabra, la parábola y el (in)existente objeto al final de la parábola. Concluye:

al final de la parábola hay un caballo

la palabra le cae al caballo lo parte en dos tres el caballo colapsa se parte en dos tres lo extermina

puede haber un caballo puede no haber un caballo al final de la parábola no hay un caballo

describe una parábola

Hechos de sangre, posibles o no, ya que dependen de su relato en forma de palabras. Algo similar encontrará el lector en las páginas de *Deliria*.

Wittgenstein, maestro de retórica

Quien lea con atención *Deliria*, así como quien haya leído con atención el *Enigma*, tendrá acaso la impresión de no poder decidir si está frente a una novela, un poema muy largo o un tratado filosófico que se vale del verso o de la prosa narrativa como formas exteriores. Posiblemente la búsqueda de una respuesta sea una tarea completamente ociosa, pero el dato de la indeterminación no es del todo irrelevante. Sin duda el maestro de Retórica al que habría que remitir la obra de Pazó es Wittgenstein, diría yo el primero, el del *Tractatus*, más que el segundo —quizás más popular entre los expertos en comunicación—, de las *Investigaciones filosóficas*. Ese estilo fragmentario, repetitivo, a veces parco y a veces rotundamente iluminador aparece tanto en la obra de lógica más famosa del siglo XX como en el *Enigma* y en *Deliria*. Son textos que no presumen de poder *conectar* discursivamente todas las proposiciones: se parecen más a archipiélagos entre cuyas islas damos pequeños saltos en una dirección insospechada que a cordilleras que nos imponen, mientras nos damos a la trabajosa tarea de recorrerlas, su majestuoso e intimidante perfil. Todos hemos leído suficientes cordilleras.

Ya que he caracterizado el *Tractatus* como obra de lógica, conviene recordar, y esto refuerza el paralelismo al que quiero apuntar, que Wittgenstein concibió su obra, para pasmo de Bertrand Russell, su principal promotor entre las cumbres del pensamiento analítico, como un libro sobre Ética y solo secundariamente sobre Lógica. Russell y su comparsa acabarían cimentando la interpretación del *Tractatus* como obra fundadora del positivismo lógico, orgulloso enterrador de toda tentación metafísica en el pensamiento. Pero la lógica parecía interesar a Wittgenstein, antes que como una disciplina en sí misma, como una herramienta para mostrar los límites del lenguaje y, con ello, del sentido. El lenguaje, para Wittgenstein, y puesto en los términos de *Deliria*, era la sábana que se arroja sobre el fantasma de lo trascendente (la ética, la estética), con cierto optimismo en que el sentido se muestra, de hecho, en sus límites, en esos puntos en que el lenguaje se vuelve mudo. La lógica no es tanto, pues, una técnica o una ciencia como una condición: aunque busquemos decir lo trascendente, estamos condenados a un lenguaje diseñado para la exclusiva expresión de los hechos. Asimismo, la retórica no es un arte sino una condición: estamos condenados a "decir de una manera"; somos unos manieristas ansiosos, impotentes, rencorosos, rabiosos, que sueñan con que de sus formas se desprenda algún día una sustancia. Quizás el paso de leer el *Tractatus* como un tratado de lógica a leerlo como un tratado de retórica sea avanzar un grado en el camino hacia la pérdida de ingenuidad.

En este linaje, que adopta a Wittgenstein como un maestro de retórica y al *Tractatus* como su Arte Poética, José Pazó no está, ni mucho menos, solo. Nuevamente, me parece un requisito sensato que, en esta red de influencias literario-filosóficas, se cumpla la condición de la no lectura mutua. Entre la lectura del *Enigma* y la de *Deliria*, es decir, hace un par de años, descubrí casi por casualidad la obra de David Markson, *Wittgenstein's Mistress* (*La amante de Wittgenstein*)[4], que, después de ser rechazada por todo editor al que se le puso el manuscrito por delante —y hasta alcanzar el honorable récord de los cincuenta rechazos—, pasó a ser obra de culto en el mundo de la narrativa experimental norteamericana, celebrada por Foster Wallace como una de las mejores novelas de su tiempo.

Más allá de la referencia obvia de su título, el libro es, por su estilo y en parte su contenido, un notable ejemplo de retórica wittgensteineana: párrafos breves que se encadenan por frases repetidas y que construyen poco a poco un sentido cuya forma explícita el texto elude, no por hermetismo ni coquetería, sino porque aquel yace, realmente, más allá de lo que este puede llegar a decir. En concreto, se nos cuenta la historia de Kate, una mujer que cree ser (o de hecho es) la última superviviente del planeta. Completamente sola, deambula de ciudad en ciudad, pasando la noche, de preferencia, en los grandes museos de las capitales occidentales. En ellos, se hace acompañar del legado de una civilización perdida mientras procura darse calor quemando los marcos de las obras maestras del Louvre o del Metropolitano. Como el idiota de *Deliria*, como el hombre de la cueva en el *Enigma*, es un personaje aislado, cuya existencia se sostiene en un soliloquio hecho de fragmentos inciertos e iluminaciones fugaces. Véase el siguiente fragmento:

---

4   Markson, David. *Wittgenstein's Mistress*. Dalkey Archive Press, 1988. Hay edición en español, con traducción de Mariano Peyrou, por Sexto Piso.

Once, in the Borghese Gallery, in Rome, I signed a mirror.
I did that in one of the women's rooms, with a lipstick.
What I was signing was an image of myself, naturally.
Should anybody else have looked, where my signature would have
been was under the other person's image, however (p. 67).

La idea, por supuesto, se repetirá más veces a lo largo del libro (un
poco más adelante: "Once, that same winter, I signed a mirror. In one
of the women's rooms, with a lipstick"), porque la repetición es, como
hemos visto, un principio de construcción en la retórica wittgensteineana. Es sorprendente, además, la coincidencia de la imagen del
espejo, dominante, por supuesto, en el *Enigma*. Un espejo que no es
un espejo, sino su representación lingüística, y que se refleja en los
textos al margen de la voluntad o el conocimiento mutuo de sus autores. Y esto me lleva al último punto.

Los textos de José Pazó, como los de Markson, son wittgensteineanos
no solo por la selección de ciertos recursos estilísticos, sino, ante
todo, por las reflexiones e ideas que contienen. Ciertos pasajes de
Deliria, como antes del *Enigma*, funcionan como logrados ejercicios
de filosofía del lenguaje. Aquí una muestra:

> Nuestra existencia está definida por las palabras, por la comunica-
> ción. Pero cuando una persona se comunica con otra, en realidad
> no son dos personas las que se comunican entre sí, sino el sistema
> lingüístico que tiene una con el sistema lingüístico que tiene la otra,
> es decir, se comunican dos sistemas, y para que la comunicación
> sea mutuamente inteligible ese sistema debe ser el mismo.

> Alguien podría decir que cada uno de esos dos sistemas permite
> una infinidad de combinaciones, de mensajes posibles, y que por
> tanto el individuo, la persona, se define por las elecciones que hace

en ese sistema. Sin embargo, por muchas que sean las combinaciones, no son infinitas, son simplemente muchas, muchísimas.

El modo en que Pazó ve el lenguaje recuerda la idea de espacio lógico en el primer Wittgenstein, un espacio poblado por todas las proposiciones dotadas de sentido, y de las cuales solo un ínfimo subconjunto corresponde a descripciones verdaderas de la realidad. Es una imagen *extensional* del sentido, un conjunto dado, inmóvil. El lenguaje puede, también, ser visto como un vasto espacio gramatical de oraciones posibles, de las cuales solo una ínfima parte corresponde a enunciados comunicativamente felices. El giro no carece de cierta ironía. La brutal cardinalidad del conjunto de oraciones que conforma una lengua humana ha sido normalmente, no solo equiparado —por la tradición chomskiana— con la infinitud, sino asumido como condición de posibilidad de la creatividad y, a partir de allí, libertad humanas. En los fragmentos citados, se adivina una filosofía distinta. Eso que tomamos por creatividad, por el acto de *elegir* una oración, y excluir con ello los trillones de oraciones no dichas, podría ser más bien el efecto de nuestra finitud temporal, desde cuya perspectiva pareciera que las oraciones nacieran como hechos nuevos y frescos, tal como parece que los árboles y las montañas parecen nacer por el borde de la ventana de un tren en movimiento.

Volvamos otra vez al recurso de la repetición, del número, del acto de contar. Al creernos libres y creativos por decir esta oración en lugar de esta otra, nos parecemos al idiota que quiere tragarse el mar contando las olas. Los hablantes no somos más que el despliegue del lenguaje en el tiempo. La enumeración idiota de un conjunto vasto, quizás infinito. Somos la estrategia adoptada por el lenguaje para explorar sus propios límites, para perfilarse en el paisaje desolador de la eternidad. Por eso da igual que José Pazó lea a David Markson, o que el fantasma de David Markson se levante para leer a José Pazó.

Sus obras respectivas son otras olas en el mar del lenguaje, quieto, enorme, oscuro, leídas ya, reflejadas ya, desde siempre y para siempre, *sub especie linguae.*

Así que, desocupado lector, poco es lo que puedo sacar en limpio de las líneas precedentes. Solo me queda invitarte a que te dejes llevar unas horas por esta corriente de lenguaje que, si bien no se agota en el libro que contiene la transcripción de sus palabras, tampoco se sabe muy bien a qué páramo, fértil o infértil, va a parar. No garantizo que, al final del trayecto, no vayas a quedar como el caballo de Montalbetti. Cúbrete. O no, abre bien los brazos. O no, solo lee.

Adelante, pues.

MATÍAS JAQUE

Índice

I
Una figura avanza por el puente, hacia la escena, en Gallaecia   21

II
Las olas y yo   27

III
La mujer del notario i   65

IV
La mujer del notario ii   69

V
Reflejos   93

VI
El ventanal   121

VII
Una tragedia.   147

VIII
Un fantasma japonés.   167

IX
La habitación gris   181

X
La habitación blanca.   199

XI
El coro   213

I

Una figura avanza por el puente,
hacia la escena, en Gallaecia

El hombre vestido de blanco viene y no me llama idiota. El hombre vestido de blanco viene y me trae papel. El papel es blanco. Yo cojo el papel y escribo idiota, idiota, idiota, idiota, idiota... Escribo "idiota" hasta que recuerdo que soy idiota, y entonces dejo de escribirlo.

El temor me hace intentar ocultar lo que soy, hasta cierto punto. Lo que soy, solo lo sabe mi hermano, pero mi hermano hace tiempo que se convirtió en silencio.

Yo antes era solo grito, ahora soy también silencio. A ese, al silencio, no lo oculto ahora, se oculta solo detrás de mi grito. A ese, no le digo nada ahora, no lo manipulo, no intento controlarlo, ese campa ahora libre por mi cabeza. Normalmente, ese se agazapa tras mi grito. Normalmente, el silencio me mira con ojos soñadores mientras yo grito y grito.

Ahora, a veces callo y escribo. Escribo en el papel blanco que me trae el hombre vestido de blanco. El hombre vestido de blanco es un bienhechor de la literatura, pero no lo sabe. Piensa, en todo caso, que es un bienhechor de los idiotas, cosa en la que tiene razón, si es que de verdad lo piensa.

Mi escritura es una conjetura. Mi escritura es una conjetura fundada en unos cimientos que he ido construyendo sobre mi experiencia. Mi experiencia se reduce a un recorrido infinito descrito en un patio trasero de cemento. En un patio trasero en una casa en una ladera en un monte. En un patio trasero en una casa en una ladera de un monte junto al mar.

Desde el patio, yo oía el mar. Desde el patio, escuchaba el incesante rumor de las olas rompiendo una y otra vez en la playa.

En el patio, yo contaba las olas. En el patio, las olas iban entrando una a una en mi cerebro e iban formando un mar interior que a veces estaba en calma, que a veces estaba arbolado, con borregos blancos que corrían de cresta en cresta. En el patio, el mar iba entrando poco a poco en mi cabeza.

Que el mar iba entrando poco a poco en mi cabeza, solo yo lo sabía. Que el mar iba entrando poco a poco en mí, solo lo sabía yo, aunque mi hermano lo sospechaba.

Él sabía el efecto que el mar puede tener en una mente simple y moldeable y me miraba con desconfianza después de que yo hubiera tragado una buena ración de mar. Mi hermano olía a mar cuando venía de él. Yo amaba ese olor.

Era un olor a alga oreada, a arena empapada, a salitre iodado, a cuerpo de sardina en descomposición.

De vez en cuando, mi hermano me traía del mar el hueso blanco de una sepia. Yo hundía las uñas en ese hueso y grababa en él las garras de mi grito. Luego, depositaba el hueso de la sepia, así grabado, en una esquina de mi patio de cemento.

Mi hermano iba al mar a jugar con él. Mi hermano iba al mar a ser libre.

El mar venía a mí para jugar conmigo. El mar venía a mí para ser libre dentro de mí.

De vez en cuando, mi hermano me llevaba al mar y me depositaba en la arena mientras el cogía alguna ola, como si yo fuera el hueso de una sepia y me lo hubiera dado, y yo lo hubiera depositado en una esquina de mi patio de cemento.

De vez en cuando, mi hermano me llevaba al mar, y mientras él jugaba con las olas a perderse, yo me las tragaba a través de las orejas, de los oídos, de los yunques y martillos, a través de mi laberinto.

Luego, me clavaba las uñas en mí mismo como si fuese el hueso de una sepia.

Cuando volvía a mi patio, recordaba el mar. Cuando volvía a mi patio, recordaba que el mar era parte de mí, estaba en mí, habitaba en mí.

Es cosa rara que el mar habite dentro de uno.

Ahora recuerdo ese mar e intento escribirlo en la hoja blanca que me trae el hombre vestido de blanco, pero solo me sale una palabra. Y esa palabra no es el mar, es un sonido y un dibujo que quiere ser mar.

Quién no quiere ser mar. Quién no quiere intentar escribirlo.

Pero, aunque no pueda escribirlo, recuerdo que tengo el mar dentro de la cabeza. Recuerdo que lo tuve hasta que maté a mi madre. Por qué la maté es algo difícil de entender. Por qué lo hice es algo que ni el mar puede llegar a saber.

Mientras escribo la palabra idiota, recuerdo. Recuerdo las olas. Recuerdo tan solo un segundo, y luego escribo. Cuando escribo, grito. Cuando grito, vivo en el silencio.

En el silencio, no necesito hurgar con las uñas en el muro de cemento que tengo ante mí.

Cuando grito, el hombre de blanco viene. El hombre de blanco me trae papel, pero no comprende que cuando grito vivo en el silencio. El hombre de blanco parece comprender que hurgue con las uñas en la pared de cemento, pero no parece comprender que viva en el silencio. El hombre de blanco no me llama idiota.

Tampoco lo hacían las olas.

¿Por qué?

Tampoco lo hacían las olas.

Recuerdo…

II

Las olas y yo

El mar está detrás de la casa. El mar está detrás de los pinos. El mar está dentro de mí, y nadie lo sabe. El mar está detrás de la curva, pero, poco a poco, yo me voy metiendo el mar. El mar me lo meto en mi cabeza.

En una esquina del patio, me acurruco y cuento las olas del mar. Cuento un millón doscientas veinticuatromil trescientas treinta, un millón doscientas veinticuatromil trescientas treintaiuna, un millón doscientas veinticuatromil trescientas treinta y dos. Así, me lo voy metiendo poco a poco.

A veces llueve, y las gotas de la lluvia resbalan por mi cara y empapan mi ropa. Las gotas de lluvia intentan con su ruido que no pueda contar las olas, pero yo sigo contándolas, una a una.

Yo soy un niño idiota. Yo soy un falto. Yo soy un ser que, acurrucado en un patio trasero de cemento, grita.

Desde mi patio no se ve el mar. Desde mi patio se oye el mar. Desde mi patio el mar retumba ayudado por las vibraciones de mi cabeza que hace de tambor. Desde mi patio, el mar va entrando en mi cabeza.

Yo soy un niño tonto. Yo soy un niño idiota. Yo soy un niño. Las gotas de lluvia son seres malvados que intentan confundirme. Pero yo no me dejo confundir.

A veces, cuando llueve, mi madre viene y me dice que entre en la casa, pero yo no quiero entrar. Mi madre, a veces llora, y sus lágrimas son otras gotas de lluvia que intentan confundirme, pero yo no dejo que me confundan.

Entonces mi madre llama a mi padre, y mi padre viene y grita en silencio, con sus ojos, pero grita. Sus gritos silenciosos retumban en el patio, y el sonido intenta que no pueda seguir contando las olas, pero yo sigo contándolas. Mi padre no llora, lo que hace es que mi madre llore más. Mi padre no llora, lo que hace es maldecirme sin cambiar el gesto, sin abrir la boca.

A veces, intenta tocarme, y entonces yo grito, grito sin parar acurrucado en la esquina. Cuando grito, me olvido de contar las olas, pero sé que las olas siguen rompiendo sin parar, detrás del patio, detrás de la casa, más allá de la curva. Entonces grito más, grito todo lo que puedo, pero sé que el ruido de mi grito no es nada comparado con el ruido de las olas que siguen rompiendo.

Lo sé porque sé que en el fondo de mi grito hay silencio. En el fondo de mi grito no hay olas, aunque yo querría que las hubiera. En el fondo de mi grito hay un silencio que casi nadie, aparte de mí mismo, parece percibir.

Cuando yo grito, mi madre llora más, y desaparece por la puerta del muro. Mi padre, cuando yo grito no desaparece, sino que grita más.

Yo no sé qué busca mi padre en su grito. No sé qué busca en su grito de silencio. Los gritos silenciosos de mi padre eran paradojas de encorchetamiento. Por eso era difícil saber qué buscaban.

Sé que no busca el ruido de las olas, ya que mi padre tampoco quiere que cuente las olas. Tampoco quiere que las mire y por eso me pone en el patio. Mi madre tampoco debe de querer que las vea, ya que ella también me pone en el patio. Todos me ponen en el patio. Solo mi hermano me pone como si fuera el hueso de una sepia. Él era el único que me ponía en el patio como si yo no fuera yo, sino un ser propio, único, odiado y amado, con una forma intrigante, misteriosa, la del hueso de una sepia.

Pero mi hermano no está ahora aquí, está con las olas. Mi hermano ahora está en el silencio. De alguna manera, mi hermano siempre estuvo en el silencio. Mi padre también, quizá los dos aprendimos de él. Quizá el modelo familiar es tan fuerte que hasta es capaz de transmitir el silencio y sus placeres, el silencio y sus gritos. Ahora, tan solo a veces está conmigo, en el fondo de mi grito.

Nadie quiere que vea las olas. Nadie quiere que cuente las olas. Pero yo las cuento y, poco a poco, me las voy metiendo dentro. Luego, cuando dejo de gritar, oigo el ruido del mar. Cuando grito, lo que también oigo es la voz de mi hermano, del silencioso, de quien nadie más oye ya su voz.

Un millón doscientas veinticuatro mil trescientas treintaitrés, un millón doscientas veinticuatro mil trescientas treintaicuatro, un millón doscientas veinticuatro mil trescientas treintaicinco...

Luego llueve, pero yo sigo contando a pesar del agua que resbala por mi cara. Luego vienen, y yo grito.

En el patio, mis padres son gotas de agua que quieren impedir que siga contando. En el patio, todo es cemento y gotas de agua. También, el ruido de las olas y el silencio.

El silencio también está lleno de ruidos y de cosas, pero para llegar a ellas tengo que agujerear el silencio mediante gritos. También el cemento está lleno de ruidos y de cosas, y para llegar a ellas también tengo que agujerear el cemento con mis dedos. Pero el cemento no es el hueso blanco de una sepia al que se le pueden clavar las uñas.

Mi hermano, por ejemplo, está en un agujero del silencio. Yo, por ejemplo, estoy en un agujero del cemento. Yo, por ejemplo, estoy en muchos agujeros del cemento. Mi hermano, por ejemplo, está en muchos agujeros del silencio.

A mi hermano llego con los gritos. Hasta mi hermano llego cuando desaparece el ruido de las olas. Hasta mí, llego con mis dedos.

Mis uñas están comidas por el cemento. Las puntas de mis dedos están raídas y desgastadas.

En el cemento, también están otros. En el cemento, por ejemplo, están mi madre y mi padre, aunque ellos también están en la casa.

A veces, mis padres están ante mí, y luego se meten en la casa y desaparecen y, aunque ellos no lo sepan, lo que hacen es meterse en el cemento. El cemento está lleno de huecos, lleno de padres y madres.

Todos esos padres y todas esas madres son míos. Todos, además, son el mismo padre y la misma madre, pero todos son algo diferentes. Mis padres, en eso, son como las olas.

Las olas son todas olas, pero cada ola entra en mi cabeza una a una, como una sola ola. Cada ola es una ola, aunque todas las olas formen el mar. Todo fragmento del mar ha sido ola alguna vez y por eso, para meterme el mar en la cabeza, necesito meterme todas las olas.

Un millón doscientas veinticuatro mil trescientas treintaiséis, un millón doscientas veinticuatro mil trescientas treintaisiete, un millón doscientas veinticuatro mil trescientas treintaiocho...

Mi cabeza es una copa.

Un millón doscientas veinticuatro mil trescientas treintainueve, un millón doscientas veinticuatro mil trescientas cuarenta, un millón doscientas veinticuatro mil trescientas cuarentaiuna...

Mi cabeza es una copa frágil. Mi cabeza es una copa rota. Por donde está rota mi cabeza, entra el mar.

Algún día, los seres sedientos de mar vendrán a mojar sus labios en el sitio por donde está rota mi cabeza.

Algún día, los seres ansiosos de sal vendrán a posarlos en mi rotura. Por el momento, tan solo el mar entra por mi rotura.

El mar entra por mi grieta. El mar entra por mi abertura. El mar entra hasta el fondo de mi pliegue. El mar entra sigilosamente, como la mujer adúltera cuarentañera entra en la cama de la habitación fría de un hotel de provincias. El mar entra mirando al suelo, como el hombre adúltero pasa frente a la recepción de un hotel de provincias intentando que no lo vean. El mar entra en silencio, como los peces entran en una cueva submarina. El mar entra y trae el olor de algas frescas, y de algas podridas, y de estrellas de mar vivas, y de erizos muertos.

Si entra la cantidad suficiente de mar, mi cabeza se volverá tan silenciosa como el fondo del mar. Si entra la cantidad suficiente de mar, mi cabeza será silencio.

Yo quiero que mi cabeza sea silencio. Ahora, mi cabeza es silencio tan solo cuando cuento las olas, pero yo quiero que sea silencio siempre.

Cuando mi cabeza sea siempre silencio no necesitaré contar más olas. Cuando mi cabeza sea siempre silencio, no necesitaré hurgar con las uñas en el cemento. Cuando mi cabeza sea siempre silencio, no necesitaré gritar. Entonces, estaré detrás de mi grito.

Ahora, cuando grito, veo el silencio detrás de mi grito, pero no estoy en él, tan solo lo veo desde mi grito. Ahora, cuando grito, veo el silencio como quien ve un paisaje ante él.

Cuando no grito, cuento olas. Cuando las cuento, estoy en silencio, pero es un silencio falso, es un silencio externo, es un silencio lleno del intenso crepitar de unos números sobre otros. Cuando las cuento, mis padres creen que estoy en silencio, pero se engañan.

Mis padres tan solo se fijan en las apariencias externas, por eso se miran tanto en los espejos. Mis padres tan solo se fijan en las apariencias externas, por eso siempre están equivocados. Por ejemplo, mi padre no hace más que mirarse su nariz en el espejo. Por ejemplo, mi madre no hace más que mirarse sus pechos y sus labios en el espejo. Cuando lo hacen, no hablan, y tan solo por esa razón creen que están en silencio.

Luego, cuando yo grito, dejan de mirarse la nariz y los pechos en el espejo, y sus caras toman la relativamente santa aureola del sufrimiento. Cuando yo grito, gimen, pero en su gemido no atisban el silencio.

El silencio, para ellos, es un fantasma. No se dan cuenta de que llevan el silencio dentro. También es un fantasma para mí, pero, a diferencia de ellos, yo sé dónde vive ese fantasma.

Ese fantasma vive detrás de mi grito. Con él, vive mi hermano. Con él, viven los reflejos de mis padres. Yo quiero vivir con él.

Para convertirme en silencio, quiero convertirme en mar. Para convertirme en mar, voy metiendo el mar poco a poco en mí.

El mar me lo meto con las olas. Cuando no cuento olas, oigo el viento. El viento mueve las copas de los pinos. El viento no es silencio. El viento es como el mar, que se escucha, pero no se ve.

Otros, podrán ver el mar, pero no yo. Yo veo las paredes de cemento que me rodean. Yo veo la calva de mi padre cuando la acaricia el viento. Yo veo los pechos de mi madre más o menos cubiertos. Pero el mar no, el mar no lo veo.

El mar lo veía cuando me llevaba a él mi hermano. Mi hermano me llevaba al mar. Mi hermano me llevaba al mar vestido con un bañador azul, con una camiseta blanca, con una gorra blanca, con un cubo, con una pala, con unas zapatillas azules. Mi hermano me llevaba al mar de la mano. En el mar, mi hermano me sentaba en la orilla y se ponía a mirar las olas que se deshacían una a una.

Entonces, cuando lo tenía tan cerca, el ruido de las olas no era tan importante para mí. Entonces, lo importante para mí era que el agua no me arrancara la pala de las manos.

De vez en cuando, el mar me arrancaba la pala de las manos, y yo gritaba. Entonces, no buscaba nada en mi grito. Entonces, no encontraba nada en mi grito.

Cuando gritaba, mi hermano venía y me devolvía la pala. Entonces, yo dejaba de gritar.

En el mar, había más gente, pero a mí tan solo me importaba mi hermano. Mi hermano miraba el mar con ojos tristes, pero cuando me miraba a mí, sus ojos siempre se volvían alegres. A mi hermano, mientras estaba sentado mirando las olas, le preocupaban mucho los demás, sobre todo las chicas, pero nadie se preocupaba por él, ni siquiera las chicas. Mi hermano se preocupaba por mí.

Dudo mucho de que si mi hermano hubiera tenido una pala y el mar se la hubiera quitado alguien se hubiese preocupado de devolvérsela. Sin embargo, cuando el mar me quitaba la mía, él siempre me la devolvía.

Mi hermano miraba a las personas de su edad, pero las personas de su edad no le miraban a él. Quizás para mi hermano el mar era sobre todo las personas de su edad.

Para mí, el mar no era personas. Para mí, el mar era alguien que me devolvía la pala cuando esta se desprendía de mi mano. Para mí, el mar era mi hermano.

Mi hermano no tenía los ojos azules, pero todo en él era mar. Mi hermano era un ser con cabellos de algas, ojos de concha, labios de estrella de mar, y piel de arena.

Mi hermano, al sol, olía como una red huele cuando está al sol. Sus ojos, eran como conchas de mejillones, oscuros y alargados. Ahora, de buen gusto me comería sus ojos. Ahora, de buen gusto me tendería sobre su cuerpo, me rebozaría en él. Pero ahora tan solo puedo contar las olas.

También puedo gritar y vivir por un momento en el silencio con él. También puedo hurgar con mis dedos en la pared de cemento.

Yo hurgo en la pared de cemento. En la pared de cemento está el mar. El mar es un malecón de piedra, arena amarilla y caliente, cañas, camarones, algas, toldos de franjas azules y blancas. toldos de franjas blancas y amarillas, tamarindos, farolas de piedra, piedras, bolas de arena, pelotas de colores, cielo azul, cielo gris, mar azul, espuma, la mano de mi hermano, las personas de su edad a las que mira mi hermano, coches, voces, viento. Todo eso es el mar.

También es el culo mojado. Y las olas.

Todo eso está en las olas. Todo el mar está en las olas. Toda parte de mar ha sido ola alguna vez. Por eso, si logro meterme todas las olas en la cabeza, habré logrado meterme todo el mar.

Ahora, no oigo el mar, pero sigo contando las olas. Ahora cuento las olas que rompen en mi cabeza. En mi cabeza rompen olas, incontables olas que me he ido metiendo poco a poco.

El hombre que viste de blanco no lo sabe, pero me da papeles blancos para que le escriba. Yo tan solo escribo cuando el hombre que viste de blanco no me mira.

Si me mira, rompo el lápiz y con el lápiz roto rasgo el papel y grito, grito hasta que en el silencio veo a mi hermano observando una línea de palmeras desde la ventana de un hotel mediterráneo.

En cierta manera, me gusta que el hombre que viste de blanco me mire de vez en cuando, ya que puedo romper el lápiz, rasgar el papel y encontrarme con mi hermano en el único sitio donde puedo hacerlo.

Ahora, por ejemplo, el hombre que viste de blanco me mira, y yo aprieto el lápiz y rompo su punta, y luego rasgo el papel. El hombre de blanco aparta la vista de mí, pero aun así yo grito y grito y grito, hasta que el hombre que viste de blanco desaparece y aparece la figura de mi hermano. Luego, dejo de gritar, cuando ya no hay sol, cuando ya no hay sombras, cuando todo es oscuro, cuando me rodea un relativo silencio. Entonces, si no cuento olas, me acuerdo de mis padres.

Mi padre no era calvo, y tenía las cejas negras y las manos fuertes. Mi padre no era calvo y tenía los labios finos y torcidos como los de un ser abandonado por sus dioses. Mi padre no era calvo, pero a mí me gustaba imaginarlo así, quizá para dotarlo de una mayor autoridad.

Los dioses de mi padre se olvidaron de él nada más nacer. Mi padre debió de tener dioses alguna vez, incluso si esa vez fue antes de que naciera.

Mi madre también debió de tenerlos.

Ellos nunca se imaginarían que yo fuera a pensar alguna vez que mis padres tenían dioses. Ellos nunca pensaron que yo fuera a pensar nada. Para ellos, yo tan solo gritaba. Para ellos, yo tan solo comía. Para ellos, yo no pensaba porque para ellos pensar era tan solo darle vueltas a problemas. Fuera de los problemas no había pensamiento.

En eso, mis padres parecían alemanes.

Sin embargo, el que yo pensara o no era algo irrelevante, de la misma forma que lo era la posible inexistencia de su propio pensamiento. Su pensamiento estaba basado en la ausencia de la duda de su inexistencia.

Mi hermano, sin embargo, nunca pensó que yo pensara. Tampoco pensó nunca que él mismo pensara. Simplemente, pensaba. Nada habría sorprendido a mi hermano más que el cálculo, que la consideración, que la posibilidad de su propia existencia.

Para él, la infelicidad era la infelicidad, no el pensamiento de la infelicidad. De la misma forma, la felicidad era la felicidad, no el pensamiento de la felicidad.

Mi hermano vivía una vida sin palabras, y nunca se extrañó de que yo también la viviera. Mis padres, sin embargo, vivían una vida de palabras, y no entendían que alguien existiera sin ellas.

Para mi padre, yo era palabras. Era "vergüenza", era "dolor", era "castigo", era "cariño", era "dios", era "por qué", era muchas más palabras.

Mi hermano era otras palabras, aunque ni mi hermano ni yo quisimos nunca ser palabras. Mi hermano quería ser acción y yo quería ser silencio. Mi hermano también quería ser color. Algunas personas quieren ser colores.

Me pregunto si el hombre que viste de blanco quiere ser blanco. Mi hermano nunca hubiera querido ser blanco, pero seguro que habría considerado que ser blanco es mejor que ser algunas otras cosas.

Mis padres nunca habrían entendido que nadie quisiera ser blanco. Para mi padre, blanco significaba cigarrillos, papel, sábana, y otras muchas palabras. Para mi madre, blanco era el color del pelo que más temía.

Yo ahora no tengo pelo, y por tanto tampoco tengo color de pelo. Mi pelo me lo arranqué a puñados y me lo comí a bocados.

También, para mi madre, era el color de ropa interior que más usaba. En eso, era totalmente diferente de la mujer de piel de melocotón.

La mujer de piel de melocotón tampoco vivía con palabras, sino que vivía con colores. Los lunes roja, los martes azul, los miércoles blanca, los jueves verde, los viernes naranja, los sábados morada y los domingos negra.

La mujer de piel de melocotón era una flor multicolor en la mente de mi hermano. La mujer de piel de melocotón era un secreto para mis padres. Para mis padres, todo lo que no eran palabras era un secreto. Sin embargo, también ellos debieron de tener dioses alguna vez.

Cuando yo los conocí, tan solo tenían un dios. Sin embargo, su dios era una palabra. Era una palabra que servía para invocar las otras palabras asociadas a mí.

Mi padre, por ejemplo, se cagaba en él cuando yo iniciaba mi grito a pleno volumen. Mi madre, por ejemplo, a él se encomendaba cuando lo hacía. Sus acercamientos a dios eran ligeramente diferentes, pero compartían la misma base cultural.

Tener una misma base cultural es muy importante en toda relación abocada al odio mutuo. Cuando se comparten las mismas bases culturales se puede odiar mucho mejor, con mejores matices e inflexiones de voz. Cuando no se comparten las mismas bases culturales también se puede odiar, pero el odio es un odio colectivo y sordo que no se manifiesta en matices o inflexiones de voz, sino en gestos agresivos encaminados a mostrar al odiado el íntimo y general deseo de acabar con él.

Por ejemplo, los pueblos germánicos y sajones practican este odio con cierta maestría. También lo practican los pueblos nipones, pero la gesticulación de estos es de más difícil lectura. La de los israelitas es clara. En el país de mis padres se practica más el odio personal adornado con finos matices e inflexiones de voz.

Mis padres, por ejemplo, compartían las mismas bases culturales y llegaron a odiarse bastante bien. Yo, sin embargo, no las compartía con ellos, y nuestro odio no llegó a alcanzar cotas expresivas notables. Nuestro odio fue un odio biológico y racial expresado mediante gritos y extraños gestos, como en una ópera contemporánea.

Yo era su hijo, pero no era de su misma raza. Mi raza era la raza de los idiotas. Por ejemplo, mi padre dormía en una cama, pero yo dormía en una jaula con un jergón lleno de orines. Por ejemplo, mis padres tomaban una ducha casi cada semana, pero a mí me bañaban una vez al mes. Por ejemplo, mis padres desayunaban café con leche, pero yo desayunaba una papilla que me chorreaba por la cara antes de caer sobre las piernas. Por ejemplo, mis padres fumaban un cigarrillo después de desayunar, pero yo nunca lo hacía. Por ejemplo, después de hacerlo mantenían conversaciones en voz baja, pero yo gritaba y gritaba, gritaba hasta que el ruido desaparecía y avistaba el silencio.

Con todas estas diferencias, cómo pude nacer de mis padres es algo difícil de entender. A lo mejor, no nací de ellos, sino que vine flotando por el río, hijo desheredado de un reino lejano. Lo malo es que cerca de mi casa no había ningún río.

A lo mejor, me encontró un pastor dentro de un capacho, abandonado junto a una piedra por la matrona de la reina de un reino lejano. Lo malo es que cerca de mi casa nunca se avistó pastor alguno.

La vida en un lugar carente de ancianas tradiciones impone sus limitaciones. Mis limitaciones, en la actualidad, vienen dadas por el color blanco. También, por la dureza y el tacto del cemento. También, por la capacidad de propagación del medio ambiente.

Los días de sol, por ejemplo, mis gritos retumban como truenos. Los días de niebla, sin embargo, mis gritos son atletas infantiles y famélicos.

De la naturaleza y del tacto de mis uñas, de eso no dependen mis limitaciones ya que eso son mis mismas limitaciones. De la fortaleza de mis cuerdas vocales o de la conformación de mis cavidades resonadoras bucales y nasales, de eso no dependen, ya que eso también son mis mismas limitaciones.

Mis limitaciones no dependen de ellas mismas. Ninguna existencia depende de sí misma, por mucho que el poderoso tienda a afirmarlo.

El poderoso siempre lo es por factores ajenos a sus propias limitaciones, pero siempre tiende a decir lo contrario para así afianzar en el débil la inalterabilidad de su debilidad. El poderoso siempre tiende a formar realidades intrínsecas en deseo y en apariencia. A mí, mis padres me formaron unas realidades intrínsecas en deseo y en apariencia.

Tales realidades eran los muros de cemento, el trozo de cielo que cubría mi cubo de cemento y el ruido de las olas. Yo, gracias al poder definido por mis limitaciones, creé una realidad intrínseca en deseo y en apariencia. Tal realidad era el silencio detrás de mi grito y el mar entrando por mi cabeza rota.

A mi hermano, mis padres le crearon otra realidad intrínseca en deseo y en apariencia. Tal realidad estaba definida por mí, por su cuarto, por un pasado confeccionado con palabras, por un futuro confeccionado por palabras. Entre todas esas palabras, mi hermano se movía intentando en todo momento no leerlas.

Para ello, caminaba mirando al suelo, mientras comía no levantaba la vista del plato, en la cama cerraba los ojos lo antes posible, además de muchos otros trucos propios de alguien que intenta evitar las palabras. Yo tampoco leía las palabras, yo las veía volar alrededor de la casa. Yo no las leía, pero mientras contaba olas de vez en cuando alguna palabra se deslizaba por la grieta de mi cabeza.

Mientras cuento olas, de vez en cuando, alguna palabra se desliza dentro de mi cabeza. Un millón doscientas veinticuatro mil trescientas treintaidós, un millón doscientas veinticuatro mil trescientas treintaitrés, un millón doscientas veinticuatro mil trescientas treintaicuatro, y ¡zas! una palabra entra en mi cabeza.

De mi cabeza, yo intentaba entonces que esa palabra saliera lo antes posible, pero eso, a menudo, no podía ser. Por el contrario, las palabras se posaban en algún lugar de mi cabeza, junto con el fragmento de mar ya introducido, a la espera de no sabía qué.

Yo, sin saberlo, dejaba que las palabras allí estuvieran y, de hacer algo, tan solo gritaba. Evidentemente, tan solo gritaba debido a la ausencia de necesidad de deshacerme de las palabras volantes introducidas por corrientes de viento inducidas por el flujo de mar entrante. Ahora, en cambio, grito, pero también me despego las palabras que entran.

El hombre vestido de blanco me trae papel blanco, y yo escribo en el papel palabras blancas. De vez en cuando las escribo blancas, y de vez en cuando las escribo grises. Primero, por ejemplo, las escribo grises, pero cuando el lápiz se rompe las escribo blancas. A veces, además de escribirlas blancas el lápiz rompe el papel. Pero antes las escribe blancas, y tan solo yo las veo.

Vosotros, por ejemplo, nunca las veréis. Mis padres tampoco. Al escribirlas, las palabras se van.

Cuando me deshaga de todas las palabras, tan solo habrá mar en mi cabeza. Cuando solo haya mar, habrá silencio. Cuando haya silencio, viviré detrás de mi grito. Cuando haya silencio, viviré con mi hermano, con el silencioso.

Ahora, por ejemplo, no hay silencio, no lo hay, y yo grito, grito hasta que lo veo, hasta que vuelvo a saber que el silencio existe. Por alguna razón, parezco necesitar la certeza de que el silencio existe. Dicha certeza debe ser renovada de vez en cuando. La única forma posible de renovarla, por el momento, parece ser el grito.

Otra forma posible es convertirse en mar. Para ello, debo meterme el mar en la cabeza, todo el mar. Para metérmelo, cuento olas. Contar olas parece ser el único modo posible de meterme el mar. Ya intenté una vez metérmelo a través de la boca, pero no resultó. Con el culo mojado, metí la cabeza debajo del agua y sorbí con fuerza. El agua salada es asquerosa, pensé, pero es mar, también pensé. Yo quería meterme el mar en la cabeza, así que sorbí con fuerza. Pero el agua, en vez de irse a la cabeza se fue al estómago.

Yo nunca deseé meterme el mar en el estómago. Nunca deseé meterme nada en el estómago. Por eso, de vez en cuando, escupo la papilla asquerosa que me dan.

La papilla asquerosa me chorrea por las comisuras de los labios, pero como es casi blanca no estropea demasiado los papeles blancos que me da el hombre vestido de blanco. Es verdad que estropea las palabras grises que escribo, pero eso es irrelevante, ya que, una vez que están fuera, las palabras me dan igual. Lo único que no quiero es que vuelen y que vuelvan a entrar en el lugar del que salieron.

Entre las palabras, mi hermano se movía con la torpe soltura del que las niega. Torpe porque, al negarlas, las creaba. Este es un misterio que se avista tan solo cuando se grita y se mira lo que está detrás del grito. Tan solo el que niega palabras es capaz de crearlas. Es capaz de crearlas mediante la acción silenciosa, la única acción que no se niega a sí misma.

Sin embargo, las palabras florecen en las márgenes de la acción silenciosa, ese es un misterio que descansa detrás del grito. Ese hecho presenta problemas irreductibles a algunos de los que niegan las palabras, ya que la creación de lo que se niega es siempre una coyuntura enojosa desde un punto de vista estrictamente personal, pero también lo es desde el punto de vista colectivo. La única solución posible a ese problema es el mantenimiento de la negación de las palabras, la continuación de la acción silenciosa, pero dicho mantenimiento y dicha continuación acaban por generar un número ingente de palabras nuevas que vuelan.

Las palabras siempre vuelan. Así es como se meten en las cabezas.

Mi hermano no hablaba ni miraba las palabras, pero el contingente de palabras que creó fue inmenso. Ahora, en algún lugar de la costa, mirará las palmeras sin casi verlas. Las verá, eso sí, pero seguro que no verá las palabras que revolotean alrededor de las palmeras.

Ver las palmeras sin ver las palabras a ellas asociadas es una ventaja que pocos conocen. Verlas así es un estado silencioso que yo tan solo contemplo desde el fondo de mi grito, detrás de mi grito, en algún lugar que el hombre que viste de blanco seguro que no conoce. Aunque el hombre que viste de blanco algo quiere saber. Si no quisiera saber, no me daría papeles blancos.

Mis padres nunca pensaron que yo me fuera a relacionar con personas que quieren saber. Por ejemplo, la mujer que me cuidaba nunca quería saber nada. La mujer que me cuidaba quería que algunos hombres la conocieran, eso es todo. Las caderas de la mujer que me cuidaban eran más blandas que la pared de cemento. Mis uñas, por lo menos, se gastaban menos cuando hurgaba en sus caderas que cuando lo hacía en la pared. A veces, mientras hurgaba en la pared, veía a mis padres a través de las ventanas.

Mis padres vivían en unas habitaciones amuebladas con palabras. Las palabras son muebles cómodos, pero cuanto más cómodos tanto más peligrosos. Las más peligrosas son, seguramente, las palabras-sofá. Las palabras-cama también lo son.

Las palabras daban a los aposentos en los que mis padres pasaban sus horas de asueto un aire oscuro y lleno de sombras. Hasta los espejos tenían palabras y sombras de palabras. Especialmente los espejos.

Mis aposentos eran: un cubículo de cemento, el viento en las copas de los pinos y el ruido de las olas. Las palabras eran meros elementos móviles decorativos, a diferencia del grito. El grito era un elemento funcional, era la columna maestra. Todavía lo es.

En mi patio, el grito rebotaba en las paredes y mi cubículo se convertía en una piscina rellenada con grito en vez de con agua. Ahora, sin embargo, el grito no rebota. Ahora, sin embargo, no sé cuál es mi aposento. Ahora, sin embargo, me pregunto si mi aposento no será el papel blanco que me trae el hombre que viste de blanco.

Sin embargo, de alguna manera, mi patio está en el papel blanco, todo el cemento con el que estaba construido está contenido en la fina lámina blanca. Está contenido en su superficie, en forma de trazos grises, de trazos invisibles o de desgarros.

El hecho de que todo ese cemento esté contenido en el papel produce cierta confusión en la noción de espacio. ¿Cómo puede estar contenido un patio de cemento en un papel blanco? Yo no sé cómo puede darse esa coyuntura, en virtud de qué reglas, pero sé que se da.

De igual forma, eso mismo sabe cualquier notario, cualquier registrador de la propiedad. Sabe que se da y que cobra por ello. Por qué se da, eso ya no entra en sus honorarios.

Los notarios también viven de palabras. El notario que vivía al lado de la casa de mis padres lo hacía rodeado de palabras, de innumerables palabras que de vez en cuando se traía a la casa de mis padres. El notario era generoso con las palabras, quizás porque tenía muchísimas.

Mis padres también eran generosos con las palabras. Los únicos que no éramos generosos éramos mi hermano y yo. Yo siempre tuve pocas palabras, y, además, tampoco las sabía usar. Mi hermano sí sabía usarlas, pero no quería hacerlo.

En vez de usarlas, yo gritaba. Mi hermano, en vez de usarlas, callaba.

Yo, las que usaba, las usaba para contar olas. Ahora, también las uso para eso, y lo hago en secreto, cuando no me ve nadie, cuando tan solo me ven los muros y los papeles blancos.

De esa forma, me meto el mar en la cabeza. El mar, en mi cabeza, no tiene ni presente ni pasado. Yo tampoco lo tengo.

El mar, en mi cabeza, tampoco tiene un espacio definido, ya que mi cabeza es tan grande como pueda serlo el mar. Yo tampoco tengo un espacio definido, ya que mi espacio mental y físico está definido por el mar, y el mar, por el momento, no tiene fin.

La realidad del mar es la de unas palabras detrás de otras. Mi realidad es unas palabras detrás de otras. La realidad del mar y la mía son la misma realidad, por eso lo cuento. Sin embargo, que la realidad del mar y la mía sean la misma realidad es totalmente irrelevante para el mar. Su propia realidad es totalmente irrelevante para el mar.

El mar, por decirlo de alguna manera, es capaz de existir sin ninguna realidad propia. Sin embargo, mi propia realidad no me es irrelevante. Sin embargo, yo no puedo vivir sin una realidad propia.

Todo eso se debe a las palabras. Todo eso, en ellas descansa.

Por eso yo quiero llegar a ser mar, para así lograr el estado en el que mi propia realidad me sea irrelevante. Así, como el mar, podré existir sin realidad propia. Así, como el mar, podré existir sin palabras.

La adquisición de la fama es, en cierta manera, una pequeña conversión en mar. La adquisición de la fama implica la existencia sin necesidad de una realidad propia. El desarrollo extremo de la adquisición de la fama es la leyenda.

Cuando se es leyenda, se puede existir perfectamente sin necesidad alguna de una realidad propia. Por eso el mar es famoso. Por eso el mar es una leyenda.

Sin embargo, la fama y la leyenda conllevan una gran contradicción ya que reflejan mediante palabras la existencia de algo inexistente.

En dicha contradicción descansaba el silencio de mi hermano. En dicha contradicción descansa el silencio del mar. En dicha contradicción intento que descanse mi silencio.

Por eso mi hermano es ahora famoso en mi patio. Por eso mi hermano es una leyenda inscrita en el cemento de mi patio.

Mis palabras son mi realidad propia, una realidad que se reduce a medida que las gasto, a medida que me las saco de la cabeza. En la medida en que se reduce esa realidad, crece la cantidad de mar que tengo en mi cabeza. Si crece mucho, podré hacer que mi contradicción descanse en el silencio.

Sin embargo, por el momento, tan solo atisbo el silencio en mi grito. Por el momento, esta es la única manera que tengo de mostrar mi contradicción. Por eso grito, y grito sin parar.

Mis padres creen que grito porque soy diferente a ellos, pero esa no es la causa real. Que yo sea diferente a mis padres es un problema que descansa en la naturaleza de las reglas que he aprendido.

Las reglas que he aprendido tienen que ver con lo que veo y con lo que oigo.

Yo oigo el ruido de las olas y el ruido del viento. Yo veo las paredes de cemento de mi patio. Ahora, también veo el hombre que viste de blanco, y, de alguna forma, el hombre de blanco es parte de mis reglas.

Mis padres existen en sus habitaciones, en sus imágenes reflejadas en los espejos, en sus palabras. Rodeados de todas esas cosas, mis padres creen que tienen una existencia propia.

Mi madre, por ejemplo, se encierra en su habitación y se sienta sobre la cama con la cabeza entre las manos y llora, y piensa que tiene una existencia y que su existencia es desdichada. Luego, se mira en el espejo, y sonríe, y mira la forma y la textura de sus pechos, y piensa que su existencia está encerrada en el secreto de sus pechos, y piensa que es desdichada porque ofrendó ese secreto a un hombre que no sabe leerlo y a unos hijos que no supieron apreciarlo.

Mi padre, por ejemplo, lee el periódico sentado en el sillón de su estudio, y mientras lo lee tiene la vaga sensación de que su existencia es un grano negro de la realidad existente, un punto digno y sacrificado. Luego, enciende un cigarrillo, y piensa que su existencia está encerrada en su calva, ese reflejo primitivo de su masculinidad hirsuta.

Sin embargo, mi padre no tiene calva, sino un pelo ordenado, que será tan blanco como las hojas en las que escribo. Sin embargo, mi padre no fuma más que unos cigarrillos imaginarios y de vez en cuando un puro habano tras lo cual casi siempre se marea y vomita.

Mis padres existen porque hacen todas esas cosas.

Sin embargo, hace mucho tiempo que yo llegué a la convicción de que yo no tengo existencia alguna, de que yo no existo. Es cierto que tengo alguna realidad, pero mi realidad no implica una existencia individual. Hace tiempo que llegué a la conclusión de que lo que yo soy es un conjunto de reglas.

Cuando un caminante llega a un semáforo, esperará que el semáforo le exprese, mediante un cambio de color, un mensaje. El caminante podrá seguir o no seguir ese mensaje, pero su esperanza es que el semáforo se lo comunique.

Una vez comunicado, el transeúnte lo interpretará, de acuerdo con unas reglas que aprendió en el transcurso de su existencia. Si el caminante no aprendió dichas reglas en el transcurso de su existencia, empero, será completamente incapaz de interpretar el mensaje del semáforo. Expresándolo en términos más precisos, si el transeúnte nunca aprendió en el curso de su existencia dichas reglas, para él no existirá mensaje.

Incluso se podría pensar que para él no existirá semáforo, ya que un semáforo tan solo tiene sentido en cuanto al hecho, o en cuanto a la mera posibilidad, de expresar un mensaje. Sin mensaje, sin su remota posibilidad, no hay semáforo. Hay un objeto, eso sí, pero no hay semáforo.

Por eso, el caminante que llegue al semáforo y que no haya aprendido sus reglas en el transcurso de su existencia no esperará nada. Para ese caminante, el semáforo será un objeto diferente, no será un semáforo. Ese objeto podrá transmitirle otros mensajes, pero nunca el mensaje que hace que sea llamado semáforo. Ese objeto podrá tener otras utilidades, pero nunca la del semáforo.

Esta es la primera condición del semáforo: su existencia está determinada por un conocimiento previo cuya adquisición es necesaria en el transcurso de la existencia. Esta, también, es la primera condición de mi grito, ya que, de la misma forma, su existencia está determinada por unas reglas aprendidas en el transcurso de la existencia. Sin ese conocimiento, no hay grito. Hay otras cosas, eso sí, pero no grito.

El mensaje de mi grito depende de las reglas aprendidas por el oyente, no del grito en sí. De la misma forma, el mensaje que el semáforo transmite depende de las reglas aprendidas por el caminante, no por el semáforo en sí. El semáforo en sí no condiciona nada. El semáforo transmite algo, eso es todo. El semáforo no crea el mensaje, simplemente lo transmite.

Mi grito también transmite algo, eso es todo. Los árboles también transmiten algo. Por ejemplo, los árboles se mueven y transmiten que hay viento. Desde mi patio de cemento, veo que los árboles se mueven y, mientras lo hacen, me dicen que hay viento. Ese es su mensaje, que hay viento.

Sin embargo, también ese es un mensaje que depende de las reglas que el observador ha aprendido en el transcurso de su existencia. Para algunos observadores bien puede significar que los árboles tienen capacidad y voluntad motriz propia. Para otros puede significar cualquier cosa. Todo depende de sus experiencias aprendiendo reglas, del devenir de su vida cognitiva.

Los que han aprendido sus reglas a través de la ciencia, por ejemplo, intentan hacer creer que tan solo hay un mensaje posible y correcto y que, por supuesto, ellos conocen ese mensaje, pero eso no es totalmente cierto ya que la biunivocidad de la ciencia tan solo es válida dentro de la misma ciencia. Fuera de la ciencia, hay miles de mensajes.

La ciencia es uno más de una multitud. Quizás es un mensaje más cierto, pero la certeza es un concepto que tan solo tiene validez dentro de la ciencia.

Eso mismo, por ejemplo, ocurre con las palabras ya que las palabras tan solo tienen validez dentro de la lengua. Por ejemplo, las palabras no tenían ninguna validez dentro de mi patio de cemento. Dentro de mi patio de cemento, lo único que tenía validez era mi grito.

En mi patio, por ejemplo, el suelo era gris. En mi patio, por ejemplo, las paredes eran grises. En mi patio, por ejemplo, el cielo solía ser gris. Lo único que no era gris eran las ramas verdes y marrones de los pinos. Las ramas de los pinos se movían y me decían que había viento.

Yo había aprendido en el transcurso de mi existencia que cuando las ramas de los pinos se movían hacía viento, gracias a los comentarios que salían de la casa cuando las ramas de los pinos se movían. Cuando se movían, de la casa salía una voz que decía: "¡Qué viento hace hoy!"

Durante bastante tiempo creí que "hoy" era el nombre de alguien en la casa, o el nombre de alguien que hacía el viento, hasta que un día me di cuenta de que, a lo mejor, ese era mi nombre. Aún hoy lo pienso. Aunque es algo absurdo pensar que si no existo me llame de alguna manera.

Cuando un paseante llega a un semáforo puede saber que es semáforo o que no lo es. Si lo sabe, sabrá interpretar el mensaje que hace que sea un semáforo.

Es también posible que sepa que se trata de un semáforo y que el mensaje del semáforo sea demasiado complicado para él, o que tan solo sepa interpretar parte del mensaje, esas son dos posibilidades más. La primera posibilidad es una cuestión nominalista que a menudo, en la vida cotidiana se refleja en la pedantería. La segunda, por el contrario, es una posibilidad directamente relacionada con las reglas aprendidas por el paseante en el curso de su existencia.

Si el caminante llega ante un semáforo, es posible que sepa leer su mensaje, y que lo lea, e incluso es probable que piense que él se está comunicando con el semáforo, que el semáforo es su interlocutor.

De la misma forma, yo puedo pensar que las ramas de los pinos son mis interlocutores. De la misma forma, yo puedo pensar que las olas del mar lo son.

Sin embargo, sé que las olas no lo son. Qué son las olas, eso no lo sé, pero sé que las olas no son mis interlocutores.

Mi interlocutor es el silencio. Con el silencio, yo hablo a gritos. Ahora, por ejemplo, grito, grito sin parar, y después de un rato, después de dejar de escuchar mi propio grito, llego al silencio.

El silencio está detrás de mi grito, con el mar, con mi hermano.

Mi hermano está en algún sitio en el Sur, junto a las palmeras, rodeado de un mar gris y verde, quizá turquesa, pero también está en el silencio. Mi hermano, en el silencio no habla, pero su presencia está llena de gestos. Los gestos de mi hermano en el silencio son corrientes por las que se desplazan múgeles mudos del color del cieno.

También por las olas se desplazan múgeles mudos del color del cieno, lo que me hace pensar que quizás entre mi hermano y las olas existe alguna conexión. A lo mejor, las palabras que mi hermano decía eran como olas. A lo mejor, las olas son las palabras de mi hermano.

Si es así, a lo mejor, al contar olas lo que en realidad cuento son las palabras de mi hermano. A lo mejor, lo que quiero meterme en la cabeza no son las olas, todas las olas del mar, sino las palabras, todas las palabras de mi hermano. A lo mejor, entre todas las palabras de mi hermano y el mar existe una conexión misteriosa. A lo mejor, el mar está compuesto por todas las palabras de mi hermano.

Mi hermano, por ejemplo, me hablaba del mar, lo que puede tener alguna relación. Mi hermano, por ejemplo, me llevaba al mar, pero de eso ya no estoy tan seguro, ya que dicha creencia bien puede ser el resultado de sus palabras.

Cuando un paseante llega ante un semáforo, si sabe interpretar su mensaje y actúa de acuerdo con él, puede pensar que el semáforo es su interlocutor, pero esa creencia será siempre falsa, ya que la comunicación se establece con el conjunto de reglas y leyes que forman el mansaje, en ningún caso con el objeto que lo transmite.

El paseante, al llegar ante un semáforo, recibir e interpretar su mensaje, y actuar de acuerdo con el mensaje —sea tanto para seguirlo como para infringirlo—, con quien se comunica en realidad es con el sistema de reglas que rige la actuación del semáforo, no con el semáforo en sí.

Todo sistema de reglas implica la existencia de una sociedad creadora de dicho sistema. En cierta manera, el sistema de reglas y la sociedad son la misma cosa.

En mi patio yo veía moverse las ramas de los pinos, pero lo que decían en ningún momento provenía de ellas mismas. Lo que me decían provenía de las reglas que yo había adquirido en el transcurso de mi existencia. Lo que me repetían, las ramas de los pinos, eran las reglas que yo ya había aprendido de memoria antes, en circunstancias variadas.

Las ramas de los pinos eran meros transmisores de unas reglas con las que yo me comunicaba de una cierta forma determinada por mi propia experiencia. Y las olas, ¿de qué son transmisores?

Si las olas son transmisores de algo, entonces quizás el mar también habla. Si las olas son transmisores de algo, entonces quizás el mar es un conjunto de reglas. Si es así, detrás del mar hay una sociedad, el mar es una sociedad. Si es así, el mar no es silencio.

Quizás todo movimiento transmite algo. Quizás lo que debo hacer es estarme quieto. Quizás, si no quiero decir nada, lo que debo hacer es no moverme. Quizás, los múgeles color del cieno que se desplazan por las olas también dicen algo, a pesar de su silencio. Quizás, lo que debo buscar es el cemento y no el mar. Quizás, lo que me debo meter dentro de la cabeza es el cemento, y no el mar. Pero ¿cómo meterme el mar dentro?

Yo puedo meterme en el cemento, pero ¿cómo puedo meterme el cemento dentro? El cemento no puedo contarlo, lo único que puedo hacer con el cemento es arañarlo con mis uñas hasta que mis uñas desaparecen y lo único que quedan son unos muñoncillos sanguinolientos.

Los muñoncillos me los meto en la boca y cierro los ojos, y se desplazan por el trozo de mar que tengo en mi cabeza como los múgeles color del cieno se desplazan por las olas al atardecer.

Si araño el cemento es para meterme en él. Para eso mismo araño las caderas de la mujer que me cuida. En cierta manera, me gustaría arañar las caderas de mi madre, pero en vez de eso araño las caderas de la mujer que me cuida. Las caderas de la mujer que me cuida son más blandas que el cemento.

Ahora también me cuida un hombre que viste de blanco, pero las caderas de ese hombre no las araño con las uñas. En cierta manera, me da miedo hacerlo. En cierta manera, siento que en sus caderas no me puedo meter.

Si araño caderas es, en cierta manera y en el fondo, para meterme en las caderas que araño. También de alguna manera, el cemento es un sucedáneo de las caderas de mi madre, de las caderas de la mujer que me cuida. Por qué es un sucedáneo, eso es difícil de decir.

Mientras mi hermano estuvo a mi lado, otros sucedáneos fueron la mujer de melocotón, el hombre de arena, los tazones llenos de nieve, las gaviotas muertas... Sin mi hermano, el único sucedáneo son las olas y mi grito.

En mi grito, de alguna manera, me meto. La sensación de meterme es una sensación aproximada, de ahí su nebulosa expresión. La sensación de meterme es la de volver. La sensación de meterme es la del grito, es la del reverso del grito.

Yo querría que mi hermano volviera. Yo también querría meterme en mi hermano.

Mi hermano olía a mar. Los ojos de mi hermano los surcaban múgeles silenciosos del color del cieno. También en los pechos de mi madre nadaban múgeles locos del color del cieno. Hasta la calva de mi padre era surcada por ellos, pero solo yo lo veía. Ellos se los miraban y remiraban en el espejo, pero nunca alcanzaron a verlos.

Mi hermano nunca se miraba sus ojos en el espejo, se los miraba en los ojos de las personas de su misma edad, o un poco mayor. También se los miraba en el horizonte, pero quizás allí, en el horizonte, los múgeles eran demasiado pequeños como para alcanzar a verlos.

Yo querría que mi hermano volviera para oler su piel, para hundir mis narices en su olor a alga fresca y alga podrida. De vez en cuando, para intentar recordar su olor meto las narices en los charcos que se forman en mi patio de cemento, pero lo único que consigo es una leve remembranza.

La mujer que me cuida, sin embargo, esa huele diferente. También el hombre de blanco huele diferente, pero yo actúo como si no lo supiera. El hombre de blanco me da igual que vuelva, pero mi hermano no, mi hermano quisiera que volviera ahora mismo.

Si mi hermano volviera, podría meterme en su silencio. Si mi hermano volviera, podría meterme en sus palabras. Ahora tan solo me puedo meter en mi grito. También en el cemento. Y poco antes, en la mujer que me cuidaba.

También en mi madre.

Pero ahora no puedo meterme en las palabras de mi hermano, ya que las palabras de mi hermano nunca entraron en mi cabeza. Las palabras de mi hermano volaban a mi alrededor como gaviotas. Las gaviotas siempre van a morir al mismo sitio.

Donde mueren las gaviotas…

Las gaviotas mueren frente a la casa de la mujer de piel de melocotón. La casa de la mujer de piel de melocotón está frente al mar. Las gaviotas mueren tras una piedra alargada y grande, delante de un muro invadido por el musgo y las hierbas. Donde mueren las gaviotas no se ve desde la terraza de la mujer de la piel de melocotón, pero sí se sabe.

Para saber una cosa no hay que verla, aunque conviene. Para saber algo, tan solo es necesario haber adquirido determinadas reglas en el transcurso de la existencia.

Qué reglas se aprenden en el transcurso de la existencia, eso es de una importancia máxima.

Eso, también, lo controlan en general los poderosos. Los poderosos son una sociedad con cierto control sobre los no-poderosos. El poder de los poderosos se basa en la preeminencia de sus reglas y en la limitación de las reglas del contrario, del ajeno, del diferente. El diferente, el ajeno, es el no-poderoso.

Tanto la sociedad del poderoso como la del no-poderoso tienen como característica esencial la recursividad de la ignorancia. Sin embargo, la ignorancia del poderoso es una ignorancia superior ya que es, en cierta manera, una ignorancia más agresiva.

La mujer de la piel de melocotón es una flor multicolor. Los lunes de color rojo, los martes de color azul, los miércoles de color blanco, los jueves de color verde, los viernes de color naranja, los sábados de color morado, los domingos de color negro.

Mi hermano descubrió a la mujer de la piel de melocotón una mañana que no fue a clase. Mi hermano descubrió a la mujer de la piel de melocotón una mañana que vagaba por el pinar, fumando cigarrillos Camel sin filtro.

Mi hermano fumaba cigarrillos Camel sin filtro por la mañana porque el efecto que tenían en él era como puñetazo en los pulmones. Yo le pedí que me metiera en la boca un Camel sin filtro, pero mi hermano me sonrió y me dijo que mejor no.

Yo le miré y le pregunté por qué, sin hablarle, y él me dijo que fumar uno de sus cigarrillos era como darse un puñetazo en el pecho.

Al oírlo yo me di uno, dos, tres, cuatro, cinco, seis, siete, ocho, nueve, diez, once puñetazos en el pecho. Yo quería que supiera que me daba igual que me diera un puñetazo en el pecho.

Mi hermano se rio y salió del patio de cemento divertido, con las manos en los bolsillos. Yo me quedé acuclillado, dolido porque no me había dejado fumar, dolido en el pecho por mis propios golpes, conmovido porque mi hermano me cuidaba.

Mi hermano lloraba de rabia por las noches, pero me cuidaba. Mi hermano lloraba por las noches lágrimas saladas que no quería que nadie viera, pero yo las veía. Las veía caer una a una, dos a dos, tres a tres, sordas, lentas, de un agua muy pesada. Yo no sabía si mi hermano lloraba por él o por mí, pero sospechaba que lloraba por los dos.

Yo no lloro por nadie, pero grito por mi hermano sin parar, con un grito desgarrado que rompe los tímpanos de mi padre, que rasga el alma de mi madre.

Que mi madre tiene alma lo sé porque cuando la maté salió volando como el alma del Conde Orgaz pero en versión marina, salada, brumosa. La muerte de mi madre fue como un cuadro de Turner. Al matar a mi madre, me convertí en un artista galaico brumoso.

Mi hermano descubrió a la mujer de la piel de melocotón la mañana en la que no quiso dejarme fumar de su cigarrillo. La vio caminando por el pinar, rondando por la casa del notario.

La casa del notario era una casa en la que antes vivía una familia que no era la familia del notario. En la casa del notario vivía ahora el notario, la mujer del notario y dos hijas, May y Yolanda. May era redonda como una piña. May tenía piñones como los de una piña. Cuando salía el sol, May se abría como una piña. Cuando se abría, caían piñones.

Yo recogía los piñones y jugaba con ellos como un monje japonés diseñador de jardines de roca juega con las rocas. Yo hacía montoncicos, y con los dedos creaba mares, islas, continentes de piñones. Los creaba sobre el mar de cemento.

Mi mar de cemento era el suelo de un patio de tres metros por cuatro. El cielo de mi mar de cemento era una pared de cemento de tres metros y medio por cuatro. Mi cielo no cambiaba mucho. A mi cielo le salían manchas verdes que olían a tierra y a musgo. Yo acercaba la nariz a las manchas y olía en ellas los espíritus de los bosques que estaban más allá de mi cielo.

A mí me metieron en ese mar y en ese cielo y yo tenía un mar y un cielo personal, único, estrictamente intransferible. Desde ese mar y ese cielo, yo sembraba el pánico entre los que subían la cuesta andando gracias a mis gritos. Mis gritos eran los gritos de un ser desesperado.

Mi hermano tenía un mar, un mar lejano, con olas, que estaba más allá de mi mar y de mi cielo. Mi hermano se iba a su mar por las tardes, a deslizarse sobre las olas. Mi hermano se iba a su mar por las mañanas, a deslizarse entre las olas. El silencio de mi hermano se parecía al de las olas.

Mi ruido se parece al de las olas. Yo me acerco en silencio a un fondo que nadie ve, y me levanto y caigo. Cuando caigo, rujo. Rujo como rugen las olas.

Mi hermano rugía en silencio, pero se deslizaba sobre las olas que rugen. Mi hermano se deslizaba con una tabla de surf vieja. Mi hermano se deslizaba con un traje de neopreno viejo.

A mi hermano le gustaba lo viejo, a diferencia de sus compañeros de instituto, a los que les gustaban las cosas nuevas, con muchos colores.

Mi hermano prefería la vejez de mis gritos, la vejez de mis rugidos, la vejez de los rugidos de las olas. Mi hermano la descubrió como quien descubre un animal herido. Mi hermano la descubrió como quien descubre un animal dañado.

Estaba sentada en una piedra, detrás de su casa, llorando. Mi hermano se acercó como el que se acerca a un animal herido. Mi hermano se acercó como el que se acerca a un animal dañado.

Era sábado y sus lágrimas eran moradas. Era sábado y el rumor de sus lágrimas se confundía con las olas lejanas. El día era gris y los pinos verdes con los troncos marrones, con la profundidad que les da el gris del cielo.

Mi hermano se acercó como quien se acerca a un animal herido, y ella se descubrió la cara y lo miró como quien se encuentra a un animal dañado.

Mi hermano y la mujer del notario se reconocieron sobre una piedra, un sábado en el que ella vestía ropa interior morada. Mi hermano aún no lo sabía, y se acercó como quien se encuentra a un animal herido. Ella lo miró como quien se topa con un animal dañado.

Ella era madre de May y de Yolanda, la que se abría como una piña para dar piñones y la que se mecía como un sauce llorón al lado de un estanque mientras sonaba una flauta china. Por qué sé lo de las flautas chinas es un misterio que el mar me daba.

Entre sus olas, yo las oía, sopladas por misteriosos seres de nube y vapor. Entre sus olas, yo las soplaba para que las oyeran seres vaporosos de ojos rasgados.

Mi hermano se acercó por detrás, sigilosamente, con las manos en los bolsillos, con los bolsillos llenos de espuma, como quien se acerca a un animal herido.

III

La mujer del notario i

La mujer del notario lloraba con la cara entre las manos, y cuando la levantó y vio a mi hermano lo vio por primera vez en la vida, aunque lo había visto muchas veces antes. Lo vio por primera vez, como si una ola lo hubiera traído suavemente, delicadamente, solo, en un extraño nacimiento de la primavera masculino.

Mi hermano la miro como una Venus es capaz de mirar. La mujer del notario lo miró como un espectador blasé es capaz de mirar un nacimiento de la primavera cualquier tarde de esas. La mujer del notario lo miró así, pero luego lo vio como si fuera la primera vez que lo hacía. Como si ella fuera la única mujer en el mundo. Como si él fuera el único hombre en el mundo.

Mi hermano había llegado con las manos en los bolsillos porque acostumbraba a llegar así a todos lados. Mientras llevaba las manos en los bolsillos iba tirando disimuladamente las palabras que allí llevaba. Las palabras dejaban tras él un reguero en el bosque semejante al de Pulgarcito.

Mi hermano no era Pulgarcito, dudo de que Pulgarcito fuera capaz de fumarse un Camel sin filtro de esos que te dan un puñetazo en el pecho. Dudo de que Pulgarcito fuera capaz de acercarse a la mujer del notario como el que se encuentra un animal herido en medio del camino, en el bosque.

Mi hermano se deshacía de las palabras en sus paseos por el bosque y las reemplazaba por espuma. Para ello, usaba la espuma que recogía en las rompientes, solo, los días que no le veía nadie.

Mi hermano buscaba en las rompientes una heroicidad solitaria a la que le abocaba su rechazo a las palabras y su interés en los demás. Que te interesen los demás y que rechaces las palabras es una contradicción sagrada, de esas que no se explican. Que te interesen los demás y que rechaces las palabras te aboca a un dolor que es difícil de explicar.

Yo intentaba meterme el mar en la cabeza y mi hermano usaba el mar para intentar borrar el contenido de su cabeza. En eso, éramos iguales. En eso, yo lo seguía, como en tantas otras cosas.

Mi hermano se acercó y ella lo vio como el único hombre y él la vio como la única mujer. Él le ofreció un Camel. El cabrón no quiso ofrecérmelo a mí, pero a ella sí. Ella se lo fumó en silencio, mirándolo como se mira a un chaleco salvadidas en medio del mar. Se lo fumó mirándolo como se mira al camello nada más llegar a su chabola cuando se tiene el mono.

Mi hermano no la miraba, de alguna manera la sabía sin necesidad de verla.

IV

La mujer del notario ii

Para mi hermano, la mujer del notario era una lección que se había aprendido hacía tiempo, no sabía cuándo, pero sí que la sabía. Mi hermano se aprendía cosas sin saber que se las aprendía. Todo el mundo se aprende cosas sin saber que se las aprende, pero luego, cree que no las sabe, que las cosas le han llegado por disposición natural, que son cosas que siempre han estado ahí.

La mujer del notario había estado siempre ahí. Pero, aunque no hubiera estado, mi hermano la habría sabido porque la había estudiado en sus sueños. El estudio en los sueños era una especialidad de mi hermano.

La mía es el estudio en los gritos. Yo grito y me estudio. Yo grito y horrorizo a la gente que me oye, porque creen que el grito no es una forma de aprendizaje. Lo escuchan y tienen miedo de ellos mismos, aunque no sean ellos los que griten. Piensan, este idiota, este idiota… pero acaban temiendo ser ellos los idiotas, llevar dentro la idiotez. Los miedos que no se comunican son siempre verdades profundas.

Yo grito para asustarme a mí mismo. Yo grito para alejarme de mí mismo. Pero, sin querer, al hacerlo me meto más en mí mismo y en los demás. Al hacerlo, sin querer me convierto en un taladro de las conciencias.

Grito como Zaratustra hablaba, pero con menos sentido. Zaratustra bordeó la idiotez, pero prefirió la locura. Había soñado mucho, pero admiraba demasiado la razón, en el fondo.

Mi hermano soñaba y aprendía mientras lo hacía. Luego, se fumaba un Camel sin filtro en el patio y me hablaba de Zaratustra. Luego, se fumaba un Camel sin filtro y yo veía en sus ojos el reflejo de la ropa interior de la mujer del notario, del color que le habría gustado a Zaratustra.

Mi hermano pensaba que yo no entendía nada, pero eso era porque yo prefería en su presencia hacer como que no entendía nada, como que a mí solo me importaba meterme en la cabeza todas las olas del mar.

Como que a mí no me importaba el color de la ropa interior de la mujer del notario...

Apuesto algo a que sabía que ella llevaba ese sábado la ropa interior morada. A mí me importa un huevo la ropa interior que lleva el hombre de blanco en sábado. A mí me importa un huevo la ropa interior que yo llevo en sábado. Mi ropa interior es tan irrelevante como el discurso de un político en vísperas de elecciones. Es tan irrelevante como el discurso de un político después de las elecciones.

Para mi hermano, la ropa interior que llevaba la mujer del notario no era nada irrelevante. De alguna manera, el color le indicaba la naturaleza de su huida. De alguna manera, el color le indicaba la forma de su pasión. Los lunes roja, los martes azul, los miércoles blanca, los jueves verde, los viernes naranja, los sábados morada y los domingos negra.

La casa del notario estaba cerca de la nuestra, en un pinar, junto a una punta, a distancia de tiro de piedra del mar. Mientras el notario firmaba papeles en su notaría, su mujer se paseaba por la casa como un fantasma del placer. Así lo veía mi hermano, para quien la mujer era un fantasma del placer. Y de la huida.

Para mí, es el grito. Yo grito y se cagan los cuervos del bosque. Yo grito y el notario no vuelve a su casa hasta las 11 de la noche, cuando yo ya yazgo bajo el cobijo de una manta de algas. Yo grito y la Santa Compaña cambia su ruta para que sus integrantes no se asusten cuando escuchan mi grito.

Si se acercaran, les enseñaría a gritar como dios manda. Si se acercasen, les enseñaría a meterse las almas de los humanos en la cabeza como si fueran olas del mar. Si se acercasen, les enseñaría a meterse en la cabeza las almas de los humanos como si fueran olas de la Lanzada.

Para meterse las almas de los demás en la propia cabeza hay que meterse en su cabeza antes. Solo así se conocen los entresijos de la dominación.

Esos entresijos se aprenden en el sueño, podríamos incluso decir que no se aprenden, sino que se sueñan. Pero la Santa Compaña y sus integrantes se mantienen lejos, por miedo devoto y santo a mi grito. Pero se mantienen lejos, igual que el notario, igual que mi padre.

Mi padre está lejos, muy lejos, en una región en la que su calva no es calva. Mi padre está lejos, muy lejos, en un país en el que de su calva salen rayos de luz circulares, como el abanico cabecero de una figura india. Mi padre está lejos, muy lejos, pero cuando se acerca grita, y yo grito, y los dos gritamos mientras mi madre intenta taparse los oídos del alma con pastillas.

La diferencia entre mi padre y yo es que, cuando él grita, le salen rayos alrededor de la cabeza calva como en la bandera de guerra del país del sol naciente. La diferencia entre mi padre y yo es que, cuando yo grito, de mi cabeza no salen rayos multidireccionales con tecnología de guerra nipona, sino que me sale espuma. La espuma de mi grito cae al suelo de cemento con un leve ruido, como el llanto de un estagirita, de un anacoreta, de un estilita sin columna.

Mi madre, mientras tanto, se sienta en su cama, toma varias pastillas y baja la cabeza en un gesto digno de una actriz de una película de Cassavetes. Cassavetes usaba de actriz principal a su mujer, Gena, en eso no se diferenciaba de mi padre, ni de mi hermano, ni de mí.

En un momento de su vida, mi hermano soñó que esa actriz cambiaba a una mujer que cada día de la semana vestía ropa interior de un color diferente. La obsesión de mi hermano por la ropa interior de mujer era parecida a mi obsesión por el grito. Pero la obsesión de mi hermano pasaba por Freud, la mía no tanto.

La mía pasa por la espuma blanca de las rompientes. La mía pasa por el bramido de las olas cuando enajenadas por la luna y por la generosidad se deshacen en la arena.

Yo me enajeno a menudo, cada día.

Cuando nací, mi madre lloró. Cuando nací, mi madre dijo "Y esto, ¿qué es? Lo dijo en una voz muy baja, que yo solo oí.

Cuando nací, mi padre dio una cabezada al muro del paritorio sabiendo que iba a perder todo el pelo. Yo grité. Yo aullé. Yo berreé, como tan solo un idiota puede hacerlo, con la rabia del que lo sabe y nunca lo ha de ocultar.

Cuando mi hermano nació, mi madre sonrió. Mi hermano era rubio, delgado, alargado, con una cara redonda de pan tirolés y un hoyuelo en la barbilla que habría engatusado a muchas camareras del Oktoberfest.

Yo era moreno, canijo, con las piernas encorvadas, los ojos negros y bizcos, y un pelo recio y ensortijado que habría hecho las delicias de la mujer del picador de la plaza de toros de Sevilla y de sus amigas.

Yo nací berreando. Siempre ha sido lo que se me ha dado mejor. Mi grito esconde mi llanto. Mi llanto no es llanto porque no es humano, por eso se transmuta en grito.

Nadie se pregunta por el grito, simplemente lo odia. Lo odia porque les asusta, porque en el fondo saben que es un llanto, pero si lo llamaran llanto tendrían que conmiserarse, mientras que si lo llaman grito, simplemente pueden odiarlo.

Mi hermano se acercó a la mujer del notario por detrás, sin que esta lo viera.

Tan solo escuchó sus pasos. Tan solo escuchó sus pasos, leves como los de un amante. Tan solo escuchó sus pasos, leves como los de un amante, haciendo que la faísca crujiera.

Faísca es el nombre que dan a aquí a la ajuma, a la pinocha.

La faísca crujió bajo sus pies. La mujer del notario se volvió hacia él. Vestía una camisa blanca, bastante abierta, y unos pantalones vaqueros bellamente gastados, y apretados. Bajo la camisa blanca, llevaba la ropa interior morada. Eso quiere decir que era sábado.

Hay personas que regulan su vida por dinero, otras lo hacen por los colores. Hay personas que regulan su vida por las comidas, otras lo hacen por los colores.

Mi hermano me había dejado momentos antes sin darme un Camel sin filtro, como a veces hacía, sin darme siquiera una calada. Quizá no lo hizo porque tan solo le quedaban dos.

Mi hermano había dejado su traje de neopreno colgando en la cuerda de tender que hay junto a mi patio. Mi patio es de cemento.

El cemento es gris, con incrustaciones de musgo. Yo grito al cemento, y solo dejo de gritar cuando paso el dedo sobre el musgo. El musgo es mi amigo.

Si volviera a nacer me gustaría ser musgo. Si volviera a nacer y no fuera musgo, me haría diseñador de ropa interior de musgo.

Seguro que a mi hermano le encantaba, esos verdes intensos, esos verdes amarillentos, esos verdes rojizos, esos verdes pardos. Seguro que los periódicos me dedicarían una página trasera, con mi foto y unas palabras ingeniosas, por ser el diseñador de ropa femenina más ecológico del mundo.

Las mujeres noruegas me adorarían. Las suecas, pagarían grandes sumas por mis diseños. Las norteamericanas me invitarían a sus fiestas en Newport, Rhode Island, y Aspen, Colorado.

Por el momento, yo meto el dedo en las grietas del cemento en las que se acumula el cemento. Cuando lo hago, no grito. Cuando lo hago, me concentro en el erotismo feroz del musgo. Cuando lo hago, comprendo que el rocío que se deposita sobre el musgo es el equivalente a las pequeñas lágrimas que se depositan en la comisura de los ojos de la persona doliente.

La persona doliente es mi madre, es mi hermano, es la mujer del notario. La persona doliente nunca es mi padre. La persona doliente nunca soy yo.

Yo soy un idiota.

Las lágrimas de la mujer del notario caían calladamente, y su suave y casi imperceptible rumor al brotar permitió que la mujer del notario se volviera al oír los pasos de mi hermano sobre la faísca al acercarse por detrás. La mujer del notario estaba sentada en una roca de granito, una roca con musgo y líquenes. La niebla depositaba a menudo microscópicas gotas sobre esa roca. Eso le daba a la roca una humedad casi continua, que favorecía que se le mojara el culo.

La mujer del notario notaba su culo mojado a través de sus pantalones vaqueros apretados, desgastados y húmedos. La mujer del notario notaba su culo mojado a través de sus bragas moradas.

Por qué eran moradas, es una cuestión de agenda, de calendario, de forma de vida. Por qué mi hermano sabía que eran moradas es una cuestión de sueño.

Mi hermano soñaba solo, en silencio, y desde mi patio yo oía los crujidos que producía su actividad onírica, aunque despierta. Desde mi patio, también oía los sueños de mi madre. Mi madre sentaba a mi hermano junto a su secreter de caoba antigua y le leía los poemas que había escrito para su amante.

Mi madre escribía los poemas a su amante con una pluma Sheaffer de color azul oscuro, plumín de oro y un diseño fluido y elegante, como hecho por un finlandés ligeramente barroco que viviera en Londres. Mi madre escribía los poemas a su amante con una tinta verde que no se parecía al verde de los pinos, que no se parecía al verde del mar las tardes de otoño, que no se parecía al verde del musgo.

Era un verde que bailaba en mis ojos, pero que servía para dar color a la pasión más triste. Era un verde que, de alguna forma, se parecía al verde de la ropa interior de la mujer del notario los jueves.

Por qué yo sabía que la mujer del notario los jueves llevaba la ropa interior de ese verde saltarín era algo que se lo debía a mi hermano, en concreto a sus sueños.

Por qué mi hermano me había pasado ese conocimiento oscuro e indeterminado sin necesidad de palabras es algo que pertenece al secreto de las mentes, al enigma que descansa en la sombra del grito.

Mi madre declamaba los poemas con voz suave, y mi hermano los escuchaba en silencio. Al oírlos, mi hermano amaba a mi madre y a la vez la odiaba.

El odio es una forma de amor inversa. El rencor es una forma de apego inverso. El desprecio es una forma de aprecio revertido. El insulto es la declaración honorífica del que tiene miedo a la sombra de las palabras. La amenaza es el requiebro del habitante de la cárcel de amor.

Yo odio, desprecio e insulto al mundo con mi grito.

Nadie se extraña, porque saben que soy idiota y que mis padres me encerraron en un patio de cemento cuando sacarme fuera se hizo doloroso, cuando fue obvio el miedo de los observadores a mi verdad interior.

Mi verdad interior tiene forma de grito. Mi grito a veces se vuelve letanía y entonces cuento las olas. Cuando las cuento, las olas van entrando en mi cerebro y forman un manto de espuma que por segundos me calma. Mi hermano lo sabe y no se queja, simplemente me escucha en silencio.

Su silencio se parece al silencio de cuando escucha los poemas de mi madre, pero es intrínsecamente diferente. El silencio de cuando escucha los poemas de mi madre es un silencio tenso, atormentado, en el que el amor y el odio llevan a cabo una lucha coreografiada, con aroma a toreo en noche de luna. El silencio de cuando me escucha descansa en la tenue respiración del que sabe que en las olas hay una verdad absoluta, la de la disolución, y una mentira absoluta, la de la resurrección.

Las olas, aparentemente, resucitan incesantemente, en una semana santa eterna. Las olas, aparentemente, se levantan y se vuelven a deshacer contra la arena sin cesar, en una semana santa sin fin.

Mi madre leía los poemas dirigidos a su amante, pero como su amante era un amante secreto, que no estaba allí, que no podía estar allí, se los leía a mi hermano, que era el recipiendario de aquella pasión sin fin, escrita en tinta verde. Mi hermano, de esta curiosa forma, se convertía en el amante de mi madre, y eso le provocaba un desprecio profundo hacia su padre acompañado por una tibia piedad. A la vez, le producía una rabia contra mi madre acompañada de un deseo maldito.

Mi madre llamaba a su amante "Chispitas". Ese nombre no lo usaba en los poemas, lo usaba solo para explicarle a mi hermano la causa remota de sus poemas. En los poemas usaba tú, usaba vos, usaba voaced, usaba usía, usaba lamentos lenes.

A mi madre le gustaba Pedro Salinas y su poesía era propia de una discípula de don Pedro. Pero mi madre nunca fue una discípula de Pedro, si nos atenemos a la historia.

La historia de los amantes es siempre un paseo equilibrista por un hilo sobre las fauces abiertas de un poeta.

Salinas vivía en nuestra casa, bajo la cama de mi madre, en una casa junto al mar, en un pinar, y su reflejo se mezclaba con el reflejo de los cristales las tardes de otoño.

De vez en cuando, Salinas venía a mi patio y se sentaba en silencio. Yo no lo miraba, pero él me miraba en silencio. En su silencio de poeta preso, aprendía. En su silencio de poeta preso aprendía de un idiota. En su silencio de poeta preso aprendía de un idiota a contar olas. Un millón doscientas veinticuatro mil trescientas treinta y cinco, un millón doscientas veinticuatro mil trescientas treinta y seis... Así recitábamos los dos. Así aprendía Salinas a contar olas.

De sus ojos, al verme dar vueltas por el patio como un tigre en su jaula del zoo de Berlín, salían chispas. Las chispas de los ojos de

Salinas eran chispitas de luz, puntas de faísca luminosa, de ajuma fosforescente.

Mis padres, mientras, están dentro de la casa. Mi madre, mientras, está sentada en una esquina de su cama. La cama es blanca. Mi madre no es blanca. La cama se hunde bajo su peso. Los muslos de mi madre aplastan el colchón de la cama. Mi madre tiene la cara entre las manos, como la mujer de una película de John Cassavetes. Desde mi cubículo de cemento, la imagen de mi madre es un segundo robado a la tarea de contar olas. Desde mi cubículo, la imagen tiene reflejos cobrizos, como los de la panza de un puchero. De los ojos de mi madre no salen chispas, sino llamaradas de desesperación.

La desesperación de mi madre era similar pero diferente a la desesperación de la mujer del notario. La desesperación de mi padre era similar aunque diferente a la desesperación del notario. Las hijas del notario eran May y Yolanda, y estudiaban en un lugar lejano, en un internado, en Salinas.

Por consiguiente, tanto May como Yolanda tenían algo de sal, como las olas. Me las habría comido a las dos, pero eso habría hecho que la gente me temiera más, que vieran en mis gritos con más claridad aún la negra sombra de su alma.

Solo mi hermano no la veía. Solo mi hermano permanecía quieto al oírlo, tranquilo, sin inmutarse. Al oír mi grito, mi hermano no veía con claridad la negra sombra de su alma, fundamentalmente porque la sombra de mi hermano no era negra sino blanca.

En eso, mi hermano era una persona absolutamente excepcional. Por qué yo fui hermano de un ser con el alma blanca es algo que todavía hoy me pregunto. Por qué he podido ser partícipe del espectáculo de observar el alma blanca de un ser es algo que todavía supera mi comprensión.

Lo que sí sé claramente es que la sombra de su alma era blanca. Por eso podía escuchar los poemas de mi madre en silencio, sintiendo dentro de su pecho aquella corrida mortal. Por eso podía escuchar mis gritos en silencio, sintiendo cómo el mar entraba en mi cabeza, cómo las palabras hacían surf sobre las olas y penetraban en mi cerebro. Por eso aprendía mientras soñaba, produciendo al hacerlo un crujido de faísca prensada bajo un pie inocente.

Por qué un pie puede ser inocente es un misterio que algunos pintores renancentistas italianos conocían bien. Hoy no lo conoce casi nadie, quizá algún fabricante de alpargatas de una sierra seca poblada por seres rijosos. Pero eso otra historia. Pero eso es otro mundo.

Esa es otra ola, que ya pasó.

Ahora hay una pared de cemento, ahora hay un montón de faísca, ahora hay pinos que las tardes de otoño se mecen bajo el viento del sudoeste, ahora hay musgo que cubre las piedras de granito, ahora hay un rumor de olas al romperse en la arena, al deshacerse en mi cerebro.

Mi hermano se acercó por detrás, y la mujer del notario se dio la vuelta, al sentir un pie inocente haciendo crujir la faísca. El crujido era leve, similar al que producían los sueños en la cabeza de mi hermano mientras aprendía. Sin embargo, suficiente para que el cuello se girara. Sin embargo, suficiente para que los ojos se cruzaran. Sin embargo, suficiente para que mi hermano bajara la vista al suelo, a sus pies, y en el camino viera esas gotas transparentes, como de rocío. Mi hermano, entonces, le ofreció un Camel sin filtro.

La mujer del notario fumaba a escondidas. La mujer del notario lloraba a escondidas. La mujer del notario comprendió enseguida que si quería aprender a soñar para emitir crujidos debía aceptar aquel cigarrillo sin filtro que venía sobre un pie inocente, de esos que solo entendieron algunos pintores renacentistas venecianos y toscanos.

Cuando aspiró el humo, sintió en el pecho una patada oscura. Cuando aspiró el humo supo que se había rendido.

Mi hermano había soñado dos días antes aquello, y sabía que bajo la camisa blanca la ropa interior era morada. Los crujidos que emitió mi hermano cuando lo soñó llegaron hasta mi patio en fila, como un ejército obediente y solícito. Yo lo acogí como sé, con un grito.

Esa noche grité como un cerdo cuando lo llevan a la mesa de la matanza, como un niño cuando lo llevan contra su voluntad al quirófano para operarlo de amígdalas, como un perro al que llevan al peluquero.

Todos me odiaron un poco más.

Pero por la calidad y la intensidad de mi grito, mi hermano comprendió que dos días después su sueño se iba a hacer realidad.

Cuando llegó a la altura de la mujer del notario, esta exhalaba aquel puñetazo con forma de humo y ya se había rendido. Su exhalación era la exhalación de una mujer rendida. Su exhalación era una rendición. Su gesto era el gesto de una mujer que ha comprendido que las amarras se sueltan sin remisión los días de calma, cuando no hay tensión.

Mi hermano avanzó y se sentó a su lado, en silencio, como se sentaba cuando escuchaba los poemas que mi madre escribía a su amante, a

Chispitas. Mi hermano avanzó y se sentó dispuesto a que su pecho albergara una corrida mortal. Solo que esta vez la corrida la iba a torear él. Solo que esta vez, las verónicas iban a tener que salir bien, con golpes de hombros y manos precisos.

La mujer del notario levantó la vista y lo miró. Mi hermano temía que no lo viera a él y que tan solo viera mi grito, ese que nadie quiere oír. Mi hermano temía que no lo viera a él sino a que tan solo percibiera la sombra negra que mi grito induce en quien lo escucha. Pero ella solo vio un pie inocente, a pesar de su falta de entrenamiento en pintura italiana en general y veneciana en particular. Pero ella solo vio un alma blanca acurrucada junto al humo que acababa de exhalar.

Así que se volvió y por la comisura de la apertura de su camisa blanca, sin aparentemente querer, enseñó la ropa interior morada. Un borde bastó. Una cinta de unos dos centímetros de anchura fue suficiente.

El bosque olía a bosque. El granito olía a granito. El musgo, a musgo.

El humo blanco que la mujer del notario acababa de exhalar seguía allí, rodeándolos, como un extraño ser que bailara lentamente. El humo blanco rodeó a mi hermano, que por unos momentos se olvidó de los poemas de mi madre, de las olas de la Lanzada, del crujir de sus sueños. Entonces se dio cuenta de que el color morado era la antítesis del verde de la tinta con la que mi madre escribía sus poemas prohibidos.

Entonces fue consciente de que la relación entre el color verde y el color morado, entre esos dos exactos matices del color verde y del morado era exactamente la relación que llevaba al número pi. Tres catorce quince noventa y dos sesenta y cinco treinta y cinco ochenta y nueve... Entonces fue consciente de que la relación entre aquel verde y aquel morado era exactamente la constante que nace de la relación entre la longitud de una circunferencia y su diámetro.

Adónde le llevó eso, no es difícil saberlo.

A veces, las revelaciones vienen de lugares inesperados y llevan a lugares desconocidos. Otras veces, las revelaciones vienen de lugares misteriosos y llevan a lugares conocidos. Estos lugares conocidos se han conocido en un sueño, por eso son conocidos, aunque nunca se haya ido a ellos. Estos lugares conocidos se han soñado.

Cuando se sueña, algo cruje. Quizá sea el crujido el indicio del aprendizaje. Quizá sea el producto del sueño, el crujir.

La Biblia dice que habrá llanto y crujir de dientes. Yo simplemente grito.

Mi hermano permaneció sentado un rato en silencio, junto a la mujer del notario, y cuando hubieron acabado los cigarrillos, suavemente, le cogió la mano. Por qué le cogió la mano es un misterio que descansa en el número pi, en esa constante. La mujer del notario dejó que su mano descansara en la de mi hermano, sin sonreír, sin apartarla, sin muestras de nerviosismo ni desconfianza. Tampoco de molestia o asombro. Mi hermano, con la yema de su dedo anular acarició la parte interior de la muñeca de la mujer del notario y constató que tenía una piel muy suave.

Le habría gustado decir que aquella era piel de melocotón, pero no lo era. Le habría gustado decir que aquella era piel de alabastro, pero no lo era. Le habría gustado decir que aquella piel era de jade, como algún poeta chino que se emborrachó una noche de luna, pero no lo era.

La piel de la mujer del notario era suave como el hocico de un caracol, como la piel de un cabrito recién nacido, como el interior de un kaki maduro. La piel de la mujer del notario fue un hito para mi hermano.

Mi hermano solo recordaba a May y a Yolanda persiguiéndole por el pinar con una corona de laurel cada una en la cabeza, como reinas de una pequeña película sueca semi infantil, pero ahora May y Yolanda estaban en Salinas comiendo sal. Ahora mi hermano estaba con su madre, en una roca, en un pinar, ella con el culo mojado, él con la yema del dedo anular sobre un manojo de venas cálido y suave, como en un sofá de ante la chimenea de una viuda rica en su mansión de Columbus, Ohio, una noche de diciembre. Ahora mi hermano estaba con su madre porque lo había soñado muchas veces y el soñar produce crujidos.

Los crujidos recorren el bosque y hacen que el agua se estremezca de placer y se alinee en armónicas formaciones que un japonés loco estudiará, sobre las que una universidad de Illinois producirá algún artículo académico.

Dicho artículo académico será retuitetado mil ochocientas veinticuatro veces, y llegará a los oídos de un locutor de radio albaceteño que trabaja en Barcelona que lo juzgará digno de ser comentado en su programa de música clásica de Radio Clásica. El comentario sobre el artículo será escuchado por setecientas veintidós mil quinientas cuatro personas, de ellas, cuatrocientas treinta y siete mil novecientas veintiocho serán ibéricas e ibéricas-insulares y doscientasochenta y cuatro mil quinientas setenta y seis serán hispanoamericanas, iberoamericanas, latinoamericanas, según su ideología les empuje, repartidas por distintos terrenos postcoloniales (o postvirreinales, según su ideología les sugiera) de las Américas, norte, centro y sur, a pesar de los pendejos de los estadounidenses (ese país sin nombre, decía el profesor de historia de mi hermano), esos seres con origen en Holanda, piel de queso y cerebro de rattle snake, según el estudio del Colonel Joseph Cadalso, llevado a cabo en el gloriosamente insulso siglo dieciocho.

Mi hermano entró en la piel de la mujer del notario sin casi saberlo, sin casi notarlo, algo anestesiado por el humo del Camel sin filtro, pero sabiendo que lo que estaba ocurriendo estaba ya escrito en algún sitio de su pasado. Mi hermano entró y se vistió de melocotón, se convirtió en un hombre melocotón en un ser que era y no pensaba.

Digo esto y al decirlo me meto yo un poco en su piel de melocotón, me visto de pequeño momo. Pequeño Momotaro. Al decirlo, me quiero meter yo, meterme como sea, entrar de cualquier forma. Al decirlo, me doy cuenta de que mi grito es un ansia por entrar, por entrar, salir y seguir gritando.

El paseante ve un semáforo y piensa que se comunica con él, pero en realidad se comunica con las reglas que hicieron el semáforo, que lo construyeron. El paseante ve un semáforo y piensa que se comunica con él, pero en realidad se comunica con las mismas reglas que él tiene dentro de sí mismo. La comunicación es siempre un acto solipsista.

Por eso yo quiero comunicarme con nadie, tan solo quiero meterme el agua dentro, toda el agua del mar. Por eso cuento las olas, para que al contarlas desaparezcan dentro de mí. Por eso, cuando no cuento olas, grito.

El agua me escucha. El agua entra en mi cerebro en forma de olas. Esas olas son grises, verdes, del color de la plata, del color del azogue, y tienen reflejos azules, verdes, grises y del color del cinabrio cuando se mezclan con la arena de la playa, con la arena de esa flecha crujiente, de esa manta desestructurada. No son moradas más que en los ojos de mi hermano. No son moradas más que en mis ojos.

En nuestros ojos, el color morado es un velo erótico que cubre la naturaleza. Bajo nuestra mirada, el color morado es un velo sensual que oculta el mundo entero.

La mujer del notario tenía la ropa interior de color morado, eso ya lo he dicho varias veces. Ya lo he dicho varias veces, que era de color morado, pero es importante por las connotaciones.

Las palabras tienen connotaciones, eso no todos lo sabemos, aunque todos lo experimentamos.

En japonés, morado es murasaki, violeta es murasaki. O, mejor dicho, en mi lengua hay una confusión con el morado y el violeta. O, mejor dicho, en mi mente hay una confusión entre morado y violeta.

Esa confusión tiene su origen en algunos matices del mar al atardecer. Para mí, es difícil saber qué es morado y qué es violeta. Por eso, en mi lengua, es difícil saber qué es erotismo y qué es amor.

Mi hermano no lo sabía. Las glicinias lo sabían, pero mi hermano no.

Cuando mi hermano miraba la foto que escondía en su libro de física de una mujer joven en ropa interior, en un chiaroscuro digno de un pintor renacentista italiano, no sabía si lo que sentía era amor o erotismo.

Esa confusión fue parte de la causa de su desaparición, sin duda. Esa confusión fue causa de que mi hermano se convirtiera en humo.

Cuando pienso eso, aúllo como un lobo herido. Cuando pienso eso, mi piel se desangra como el odre viejo de un vino añejo que mana y mana por las grietas. Cuando pienso eso, doy más miedo que nunca. Adónde me llevará mi miedo es algo que solo el musgo que se agarra a la pared de cemento de mi patio sabe.

Mi patio es un cubículo. En él, me meto todas las olas del mundo en mi cabeza. En él, meto todas las palabras del mundo en mi cerebro.

La desaparición de mi hermano hizo que mi grito adquiriera dos grados más en la escala de graves, y que fuera capaz de alargarse 154 segundos más. Mi grito se parece ahora al de un animal extinto. Mi grito planea sobre las rías y se alza hasta las alturas de los vuelos comerciales de aerolíneas bien conocidas.

Los pasajeros de los aviones sienten mi grito, y al sentirlo, sin saber por qué se ponen a rezar en silencio, por miedo a que el aeroplano se desplome. Mi grito los acompaña en lo bueno y en lo malo, en la felicidad y en la desdicha, en la riqueza y en la pobreza. Mi grito es un marido solícito. Mi grito es una mujer entregada.

La yema del dedo de mi hermano también era solícita, como mi grito, y le transmitió que aquello que palpaba, que tocaba, que acariciaba era una superficie inédita.

La mujer del notario lo miró y luego se levantó. No se levantó solo porque el pantalón vaquero gastado y ajustado estuviera húmedo, porque las bragas moradas estuvieran húmedas, porque el culo estuviera mojado; se levantó porque la yema del dedo de mi hermano le había transmitido un mensaje en clave que ella supo interpretar.

Yo escuchaba en mi patio los crujidos del pie de mi hermano, ese pie inocente, tan italiano. Yo escuché en mi patio los crujidos de los pies de la mujer del notario.

Los pies de la mujer del notario sonaban sobre la faísca como las pisadas de una ardilla moderadamente nerviosa, no más. Los pies de la mujer de mi hermano no eran italianos, tenían algún callo, tenían incluso el inicio de algún juanete debido al uso repetido de zapatos de tacón alto.

Pero a mi hermano los pies le importaban menos que la altura de los zapatos, y el ruido que produce una ardilla moderadamente nerviosa al caminar sobre la faísca una tarde de otoño fue suficiente para él.

Ella lo llevó de la mano por la vereda. Él se dejó llevar por la vereda, de la mano, como uno que se la llevó al río. Uno que se la llevó al río creyendo que era mozuela. Pero tenía marío.

Lo tenía en la oficina, trabajando de sol a sol, furiosamente firmando contratos, testamentos, poderes, transacciones y otras acciones humanas irrelevantes fuera de la historia y de la economía. Cuantos más contratos firmaba, cuantos más testamentos sellaba, más orgulloso estaba de sí mismo.

En la ría, todo lo mundo lo quería. En la ría, todo el mundo lo admiraba. En la ría todo el mundo pensaba "Este cabrón, que se forra sin dar un palo al agua y luego tiene a esa mujer sobre esos tacones que va por ahí retando a la lluvia, vestida solo de jirones de niebla…"

En la ría, al amor del fuego las tardes de otoño todo el mundo pensaba mientras los rescoldos bailaban una danza de Debussy en un rincón infantil de la existencia "este cabrón que solo firma y firma y cobra y cobra".

En la ría, el que más y el que menos soñaba con aprender a firmar y hacerlo tan bien como él. Para tener, como él, en aquella casa sobre el mar, a una mujer vestida de niebla, y a dos hijas en Salinas con coronas de laurel en la cabeza persiguiendo a un príncipe de Beukelaer que en su interior guarda las zapatillas de andar por casa de Ezra Pound.

El marido de la mujer del notario estaba ahora en su oficina, en una ciudad de provincias, firmando furiosamente papeles y preparándose para su café y su tortel en El Carabela. Mientras tanto, la mujer del notario guiaba a mi hermano por la vereda.

Y él que se la llevó al río, creyendo que era mozuela.

Esto no lo sé. Mozuela o no, no sé si mi hermano lo había soñado. No sé yo si había oído el crujido…

Ahora, cuando me concentro y miro fijamente el muro de cemento de mi patio creo que sí lo había soñado. O no, no sé. No sé.

Creo que a mi hermano le daba igual que fuera o no mozuela.

Cuando un semáforo es atisbado por un ser humano, la comunicación no se establece entre el semáforo y el ser humano, sino entre el conjunto de reglas que informa el semáforo y el conjunto de reglas que informa el ser humano, que son las mismas.

Porque tenía marío.

V

Reflejos

Luego hubo una cara en un cristal. Luego hubo unas manos en un alfeizar.

El marco de la ventana, de madera, no estaba frío. Era un ventanal grande, de madera, que daba al mar.

Ella estaba inclinada hacia el cristal. Mejor dicho, ella estaba a cuatro patas, frente al cristal. Mejor dicho, ella miraba el mar con mirada soñadora a cuatro patas, mientras notaba en su espalda la piel de mi hermano.

La piel de mi hermano no estaba muy cuidada.La piel de mi hermano no era de esas pieles que uno se imagina cuando ve un anuncio comercial de perfumes la víspera del día de Reyes. La piel de mi hermano era suave y cálida, como la mía.

Pero, I didn't stand a chance, I knew that. Lo sabía, lo sabía.

Por el aire me llegaban sus olores. Por el aire me llegaban sus rumores.

Y yo me quedaba callado como cuervo japonés tras la muerte del emperador.

En Japón, cuando muere un emperador o una emperatriz, nadie puede tocar su féretro. Cualquier ser que toque su féretro recibirá inmediata muerte. Cualquiera salvo el cuervo. El cuervo puede posarse sobre el féretro de un emperador muerto e incluso mordisquear las esquinas.

Yo permanecí quieto, en silencio, como un cuervo ceremonial, oyendo y oliendo. Olía a faísca húmeda, a musgo otoñal, a humus… Sonaba a agua helada que se rompe, que se rasga.

Mi madre, dentro de la casa, estaba tumbada sobre su cama, con el pelo sobre la cara, como Gena en una película de John, sabiendo que se estaba transmutando en algo por mor de la causalidad alquimista. Mi madre estaba, de alguna manera, dejando de existir.

Mientras lo hacía, su ropa interior ardía y le dejaba marcas en la piel. Mientras tanto, la ropa interior morada estaba sobre el suelo, medio puesta.

El ventanal proporcionaba muy buena vista a los oficiantes. Ella miraba el mar con añoranza. Él, mientras tanto, miraba su nuca como si fuera el origen del mar.

Dientes, mar, culo, pedo.

Arena en los pliegues y en los bolsillos.

Los peces, mientras tanto, nadaban ajenos a todo. Los pulpos, mientras tanto, acechaban en sus cuevas de roca a delicadas damiselas solitarias. El notario, mientras tanto, firmaba documentos furiosamente, con una rabia castellana digna del integrante de una rama de los Trastámara.

La otra orilla del Tambre siempre fue mi orilla. Eso no lo sabe casi nadie, pero así fue.

Piel y más piel, paisajes de piel, valles de piel, colinas de piel, grutas de piel…

Un espectador curioso habría visto desde la lejanía un marcado refulgir en aquella ventana.

En aquel preciso momento, un espectador avezado que se hubiera detenido y que no hubiera pensado en las firmas del notario, y en el dinero que devengaban, habría percibido el brillo extraño de cuatro ojos, dos que miraban la orilla de enfrente de la ría, dos que miraban una nuca en remolino, un manji de pelo y carne, semejante al que debió de ver Genji en el capítulo veinte de su crónica.

Pero cuando los paseantes con posibilidad de ser espectador curioso entraban en un radio de quinientos metros desde esa ventana lo único que se decían es "ahí está, la casa del que se forra con solo firmar y luego tiene a esa mujer con aquellos tacones tan altos".

No querían ir más allá. No querían pensar en nada más por miedo a que alguien les cobrara por ello. Los impuestos son a veces raros, las alcabalas acechan, y pueden llegar a hacerte pagar por los menesteres más insospechados, por los pensamientos más recónditos.

Por eso, todo el mundo tiene miedo. Por eso, mi grito es el aviso sonoro del recaudador. Por eso, todo el mundo camina como yogui por su ashram, con la cabeza vacía, con el cerebro huero, con la bolsa llena.

Mi hermano se había acercado a la mujer del notario aquella tarde densa, gris, pero con una luz de película del nordeste americano. Esa luz en la que los grises, los verdes, los amarillos mostaza, los ocres rojizos, los rojos, forman una paleta rica, densa y a la vez cristalina, en la que los sueños se proyectan con una sordina muy especial. Mi hermano se acercó y entonces vinieron el blanco y el morado, se unieron a esa paleta de un pintor invisible.

Solo yo veía al pintor. Solo yo conversaba a veces con don Pedro, quien se sentaba en el poyo de mi patio como un poeta desterrado en el nordeste americano, con abrigo camel, sombrero de fieltro y una pajarita amarilla con lunares blancos que revoloteaba en su cuello.

A don Pedro yo le enseñaba los poemas de mi madre escritos con tinta verde, con sangre de algas. Don Pedro los leía en silencio y su inspiración se veía retroalimentada, así como su añoranza por una amante casada.

Yo no sé si Salinas esperaba el paso de la Santa Compaña para unirse a ella. Bien pudiera ser.

Pero mi grito la espantaba y él permanecía allí, como un perro de compañía, como un perro de lanas, insensible a la humedad ambiente, a la tristeza del cemento, leyendo poemas escritos en tinta verde por una mujer entregada en cuerpo y en alma a la insatisfacción más profunda y desgarrada.

Esa insatisfacción estaba solo paliada temporalmente por el brillo de unas chispitas.

En el otro caso, en el caso de la mujer del notario, esa insatisfacción, menos desgarradora, estaba ligeramente sobrellevada por el turno pacífico de colores de su ropa interior.

Los sueños, al producirse, crujen y así indican que el soñador o la soñadora está aprendiendo. El crujido es el indicio que dice al mundo que el soñador o la soñadora están en el duro e incierto trance de aprender algo.

Por eso el mundo está lleno de crujidos. Por eso el mundo es una sinfonía de crujidos. Yo los escucho y me deleito con ello.

Los demás no, los demás los escuchan y en general se asustan, piensan, "Jo, están aprendiendo, y yo no...", piensan, y se asustan por la posibilidad del conocimiento ajeno.

El conocimiento ajeno es una sombra amenazante. El conocimiento ajeno es un enemigo al que hay que cercar. El conocimiento de los otros en los otros es un cuerpo hostil al que hay que aislar y neutralizar. Y, en lo posible, eliminar.

Nada complace más que el espectáculo derivado de la neutralización y la eliminación del conocimiento ajeno. Nada complace más que la certidumbre de que nadie va a saber más que yo.

Sin embargo, yo no sé nada. Sin embargo, yo hago de no saber nada mi grito. Sin embargo, yo no sueño.

Sueño solo en los ojos de mi hermano. Sueño solo en sus crujidos. Sueño solo en los poemas escritos con tinta verde de mi madre.

Pero yo, en mí y por mí, no sueño, por eso no aprendo. Aunque la verdad es que yo no quiero aprender nada. Lo que sé, quiero saberlo pero no aprenderlo.

Es una fórmula rara, cara, inaccesible para la gran mayoría, pero la gran mayoría no nació enano, paticorto, renegrío... La mayoría no nació como yo nací, dando un susto a los que lo esperaban. Si es que alguien me esperaba.

Eso sí, al verme, sí que empezaron a esperar. Al verme, empezaron a desear que naciera de forma diferente, pero yo ya había nacido y había poco que hacer. Por mucho que esperaran, yo ya había salido del útero, y poco más había que hacer.

Los médicos intentaron cambiarme. Las monjitas intentaron cambiarme. Los trabajadores sociales intentaron cambiarme. Mis padres intentaron cambiarme. Prácticamente todo el mundo intentó cambiarme, intentó que yo naciera de forma diferente, pero yo ya había nacido, ese simple hecho era así. Y yo, además, era terco, como un ser de Spinoza.

Spinoza dijo que cada ser tiende su esencia, y yo tiendo a mi esencia canija, contrahecha, renegría, acibarada... Yo tiendo a lo que soy. Yo soy, en ese sentido, una asíntota hacia mi propio límite. Yo soy una quimera que tiende de forma infinita a su propio ser.

Seguramente todos los somos. Seguramente, todos somos límites de alguna función. A veces, tendemos a cero. A veces, tendemos a +1, otras a -1. A veces, tendemos a infinito. Otras, a cero.

Mi hermano aquella tarde tendía a infinito. La mujer del notario, quizá también, quizá a cero. Mi hermano tendía a su ser morado.

Los ojos de ella se llenaban de chispas, frente a la cristalera, con los antebrazos apoyados en el marco de madera. Los ojos de mi hermano giraban en el remolino, en el enloquecedor manji de su nuca.

Al nacer mi hermano, mi madre tuvo un orgasmo. Al nacer yo, mi madre conoció el grito. Uno y otro somos como la cara de la misma moneda, de alguna forma salimos del mismo lugar, siendo el mismo y siendo otro. De alguna forma, los dos somos distintas caras de la misma deidad.

A él nadie lo quiso cambiar, a mí me quiso cambiar todo el mundo. Excepto él; él nunca me quiso cambiar.

Él me acepto tal y yo como yo era. Él me aceptó tal y como yo parecía. Se sentaba en silencio a mi lado, haciendo sus cosas, y nunca la sonrisa abandonaba su cara. Se sentaba en silencio a mi lado y le daba igual que yo gritara lo que fuera, su sonrisa seguía en su cara, sin abandonarla. Él nunca me quiso cambiar, pero todos los demás querían cambiarme.

Me miraban y decían: "Pobrecito!" Me miraban y pensaban: "¡Qué horror!" Ahora nadie me quiere cambiar a mí, pero todos quieren cambiar a mi hermano. En los dos casos, no comprenden a Spinoza, no saben que cada ser tiende a su esencia.

De mí, ya saben que soy lo que soy. De mi hermano, no saben nada. Mi hermano había tendido a acercarse suavemente, lentamente, con pie italiano y bíblico, aquella tarde tan elegante desde un punto de vista colorista, aquella tarde de grises, morados, violetas, malvas, y verdes musgo.

Tendió a ello, porque lo había soñado y sabía lo que iba a ocurrir. Mi hermano iba aprendido, como un notario intenta ir a su oposición, cuando le toca.

Mi hermano lo había soñado porque era su esencia. Uno siempre sueña con su propia esencia. Pero esa esencia es a veces juguetona, traviesa. En algunos casos, es también aviesa.

Mi hermano sintió en su yema del dedo anular la piel de la espalda de la mujer del notario. Mi hermano sintió en su dedo anular la piel del pliegue del nacimiento del pecho de la mujer del notario. Mi hermano sintió en su dedo anular el pliegue de la ingle de la mujer del notario.

Cuando la mujer del notario notaba el dedo anular de mi hermano en su espalda, en sus pechos, en su ingle, su espina dorsal vibraba como un aparato gimnástico. Podríamos decir que temblaba, es más poético, es más metafórico, pero lo cierto es que vibraba como si tuviera pilas y un interruptor.

La posibilidad de que la mujer del notario fuera un autómata no entraba en los límites del pensamiento de mi hermano, aunque sí en los míos. Mi pensamiento no tiene límites, por eso todo cabe en él.

Cabe incluso la posibilidad de que ahora mi lector sea un autómata que se esté metiendo las palabras en su procesador de la misma forma que yo me meto olas en mi cerebro. Cabe incluso la posibilidad de que la mujer del notario fuera un autómata. Cabe incluso la posibilidad de que mi hermano lo fuera, o de que al menos lo fuera su pie italiano, su pie renacentista, su pie bíblico.

Pero no lo eran. Tan solo eran seres dados a una usanza. Quizá un autómata sea un ser dado a una usanza, eso lo dejaré para después.

Antes de entrar en la mujer del notario, aquella tarde de colores tan elegantes, el sueño le dijo: "Deja aquí, antes de entrar, las armas que te pido".

Mi hermano dudó un momento y preguntó: "¿Y qué armas son esas?" A lo que el sueño respondió: "Las armas que te pido son aquellas con las que el coraçon se suele defender de tristeza".

Mi hermano torció el gesto y, cuidadosamente, depositó en el suelo su tabla de surf, su traje de neopreno, su tocadiscos, su colección de discos que incluía pop español, pop británico, pop norteamericano, baladistas franceses, bossa nova, jazz be bop y dos discos de Debussy.

También dejó su volumen de la ética demostrada según el orden geométrico de las cosas del viejo abuelo Baruch, el Tractatus logico-philosophicus del tío Ludwig, Boy del tío abuelo Roald, las memorias de Pío Baroja, el Don Juan de Byron, y algún volumen muy desgastado de un Guillermo de Richmal Crompton.

Pero el sueño siguió: "También debes dejar Descanso, Esperança y Contentamiento".

Mi hermano estaba deseando entrar en la mujer del notario, hacer suyos todos los matices cromáticos y mucho más. Así que dejó incluso la foto aquella de la mujer joven con las caderas anchas que guardaba cuidadosamente en el libro de cálculo infinitesimal.

Y así fue como los animales del mar se regocijaron durante varios días, de ver su arrojo, su decisión, y su dominio del movimiento de caderas.

Mi hermano dejó todo eso y más, sin cálculo, sin pensamiento de cuánto duraría aquel viaje al centro de la tierra, sin pensar en las posibles pérdidas o ganancias. Lo dejó porque venía la ola y había que cogerla. Remó, la proa se asomó entre la espuma, y se deslizó hacia abajo como se solía deslizar, solo, mientras yo, en la arena, observando la rompiente, comía arena aderezada con alguna alga verde. Mientras yo sentía el culo mojado, pero me daba igual porque lo veía, también mientras.

Las algas verdes me recordaban el color con el que mi madre escribía sus poemas, pero eso nunca se lo dije. Simplemente, observaba los matices. Simplemente, penetraba en él.

El color de la tinta con la que mi madre escribía sus poemas era zumo de algas. Sin saberlo, mi madre era ecológica, sanitariamente alternativa, y dadivosa con respecto al mar y sus delicadezas.

Mi hermano penetraba en la mujer del notario, trascendiendo su camisa blanca, su ropa interior morada, pero yo penetraba en los colores de la tarde, en los de las algas, en los de un cielo siempre en movimiento, como mi mente.

Mi mente no para.

Mi mente no para.

Mi mente no puede parar.

Cualquier intento de pararla acaba en desastre. Cualquier posibilidad de pararla solo aboca a la destrucción, a la infelicidad, a la melancolía.

Yo por eso dejo que corra. A veces corre sola. Otras veces corre montada en mi grito.

Cuando mi mente se monta en mi grito parece un joven cowboy, en una feria rural del Central Valley de California intentando domar un mustang nervioso para llegar a ser algo.

Mi mente quiere ser algo, eso lo sé, lo sospecho, si no no se montaría en mi grito para intentar domarlo.

Mi grito corre sobre los campos de oro. Mi grito galopa sobre los verdes de las verdes colinas. Mi grito se desliza sobre la superficie marina como un multicasco con foils de la America´s Cup. Mi grito llega a los vivos y a los muertos, por eso la Santa Compaña tiene tanto cuidado en evitar las cercanías de mi patio. Mi patio es una cárcel. Mi patio es una cárcel de amor. Mi patio es una cárcel de amor idiota, como son todos los amores.

Yo os amo, por eso os grito, por eso me meto todas las olas en mi mente, por eso quiero tragarme todas las palabras antes de morir. Cómo moriré, eso no lo sé.

En cierta manera, yo ya nací muerto. En eso, le llevaba ventaja a Mishima, aunque él nunca lo habría reconocido. Él nació vivo y luego quiso hacerse el muerto, yo eso lo entiendo bien. Yo nací muerto y luego he querido hacerme el vivo, en eso hemos recorrido caminos inversos.

Para hacerme el vivo, grito. Para hacerme el vivo me convertí en un devorador de palabras.

Cuando nació mi hermano, mi madre tuvo un orgasmo. No diré lo que pasó cuando mi hermano entró en la mujer del notario, eso debe quedar en la sombra.

En la sombra siempre quedan cosas delicadas, preciosas, oscuras, ocultas, ignotas, invaluables.

Mi hermano tenía la sombra blanca. Por eso se quedaba junto a mí y sonreía con calma y ecuanimidad absoluta cuando yo gritaba y me desgañitaba.

Yo nací renegrío y de renegrío es gritar hasta desgañitarse para existir. Mi hermano no necesitaba hacerlo para existir. A él la existencia le daba igual. Es extraño, pero le daba igual. Le habría dado igual morir en cualquier momento.

Yo quería vivir y asustar a las almas que vagaban por los pinares cercanos, por las corredoiras que terminaban en la carretera de Portonovo. Él solo quería estar. Solo estar. Quizá deshacerse. Como una ola.

La probabilidad de que esa última frase haya sido dicha muchas veces es muy grande. La probabilidad de que esa frase tenga connotaciones importantes para quien la escucha es mayor.

Sin embargo, yo la digo ahora. Sin embargo, yo la digo en el sentido del abuelo Baruch, porque la esencia de mi hermano era esa. Y, según el orden geométrico de las cosas, cada ser tiende a su esencia.

Esa tarde fue una tarde memorable. El bosque crujía como solo un bosque sabe crujir. Todos los seres estábamos aprendiendo. Se puede decir que esa tarde yo fui bosque.

Los mensajes me vinieron por todos lados de todos sitios, mensajes de sueños reprimidos, ocultados, no dichos, que de repente saltaron y florecieron aquella tarde de colores tan elegantes.

Ese día, el manji de la nuca de la mujer del notario giró dextrógiro. El día siguiente giró levógiro.

A mi hermano se le daban bien las olas a la mano y a contramano. Quizá por eso entendió el mensaje del manji, y lo navegó con tanta elegancia. Mi hermano se movía más por el tiento de las manos que por la lumbre de la vista.

Creo que lo he dicho antes, pero lo he de enfatizar: La yema de su dedo anular era la metáfora de muchas cosas, algunas cantadas por ilustres gitanos. Otras, por gitanos sin lustre, tristemente olvidados.

Todos, aun así, estamos abocados al olvido. Es triste o alegre, según se vea, pero así es. Ahora bien, ¿existe realmente el olvido? Ahora bien, ¿no existe una memoria cristalina y reticular de las cosas?

El bosque es un centro de la memoria, aunque la gente solo vea pinos, aunque la gente solo vea rocas, aunque la gente solo vea faísca, aunque la gente solo vea hormigas, aunque la gente solo vea palomas torcaces y alguna gaviota, haciendo ala hacia las rocas. Todas esas cosas, y muchas otras más, son neuronas de bosque, son bytes de bosque, son información acumulada.

Yo soy parte de ese bosque.

Antonio también lo era. Antoniño también lo fue.

Antonio era casi tan pequeño como yo, y también tenía las piernas encorvadas. Antoniño era casi tan pequeño como yo, pero su cara tenía la dignidad de un marinero celta, no de un renegrío gritón. Antonio fue marinero y de eso le quedaba la forma de mirar el mar.

El mar lo miraba con cara seria, con atención, con mimo. Lo miraba y se le ponía cara de marinero de Zuloaga, de ser marino serio y trascendente.

Alguien habría dicho hoy que lo miraba con cariño aparente, pero no era cariño, era otra cosa. Lo miraba como se mira algo que se conoce y que le comunica a uno algo. Lo miraba buscando un mensaje, porque sabía que se lo iba a dar. Lo miraba desde la lejanía del bosque, apoyado en su rastrillo.

Antoniño rastrillaba el pinar y con la faísca hacía montones de tamaños similares, siempre equidistantes. Los montones los dejaba allí, solos, cosa que enervaba a mi padre. Mi padre no entendía la belleza de unos montones de faísca seca en un bosque húmedo. Mi padre no habría entendido la belleza del jardín de roca del Ryoanji.

No sé si Antoniño la habría entendido, pero hacía sus montones con la misma soltura que los habría hecho un monje budista zen en el momento más alto y más anónimo de su desarrollo cultural. Los hacía cónicos, en eso sus montones se parecían más a los del jardín de roca del santuario de Kamigamo.

En Kamigamo, los monjes construyen dos conos de gravilla que se yerguen hacia el cielo como los pitones de una mujer en celo en una país seco y desértico, como podría ser el de Las Minas. En Kamigamo, los monjes construyen esos conos, y piensan en la mujer pitona, pero dicen que lo hacen en recuerdo de dos árboles. En Kamigamo, los monjes cultivan el enigma de los espejos, sin saberlo.

Esos árboles, dicen, acogían a los espíritus que iban al santuario, a vivir allí, a mostrarse tímidamente a los visitantes píos. Esos árboles, eran habitaciones de los espíritus, salas vip de los espíritus, hoteles cápsula de los espíritus. Los montones de faísca eran habitaciones de los espíritus, morada vip de mis gritos, hoteles cápsula de los sueños de mi hermano.

Mi padre decía: "¿Para qué hace este esos montones en los que reúne la faísca esparcida por el viento si nunca va a hacer nada con ellos, si luego el viento los va a volver a esparcir?"

Mi padre no entendía la belleza del Ryoanji. Entendía la belleza de los motores, pero no la del movimiento continuo de la naturaleza. Mi padre quizá nunca habría entendido el secreto de Kamigamo. Ni siquiera habría pensado en una interpretación propia, como la metáfora de los pechos de la mujer pitona. Solo habría pensado en que los montones no sirven para nada.

Que las cosas no sirven para nada es algo claro, obvio. Que las cosas solo sirven para transmitir, es algo claro, obvio. Que las cosas solo sirven para intentar seguir siendo cosas, es algo que Baruch vio de forma clara, patente, sin ambages.

Esa visión, quiso separarla de las palabras y la hizo geométrica. Esa visión la quiso convertir en principios tan claros como una línea recta.

Pero en la naturaleza rara vez hay una línea recta. Pero en la naturaleza, todo está torcido, como mis piernas cortas y arqueadas. Pero en la naturaleza, todo se curva, como mi grito.

Mi grito describe una parábola que alguna vez estudiarán matemáticos avezados. Por el momento, nadie estudia mi grito, tan solo sirve para aterrorizar a los vecinos que se acercan a nuestra casa, para mantener a la Santa Compaña a raya, para hacer que los rayos salgan de la cabeza de mi padre de forma circular visto de frente y de forma esférica visto desde el cenit.

Antonio hacía montones con la faísca como yo hago montones con las palabras. Luego, descansaba apoyado en el rastrillo mientras se fumaba un Celtas sin filtro que encendía con un chisquero de mecha de color naranja. El chisquero lo frotaba con una mano dura y callosa, como el timón de un pesquero de Portonovo. Como el timón de un pesquero de Bueu. Como el timón de un pesquero de Riveira. Como el timón de un pesquero de Laxe incluso.

Su mano servía para apretar y soltar tuercas sin llave inglesa, para abrir botellas sin abrebotellas, para menesteres que obligan al resto de los mortales a usar herramientas. Las manos de Antoniño eran portentosas, especialmente comparadas con su tamaño general.

Las mías son pequeñas y blancas, blandas, aunque las suelo tener con alguna herida en los dedos a fuerza de escarbar en el cemento. En el cemento, yo escarbo buscando alguna ola que se me ha escapado. En el cemento yo escarbo buscando alguna palabra juguetona o tímida. En ese proceso, me rompo las uñas, me rompo la piel de las yemas, me rompo tejidos blandos de mediana importancia.

Mi hermano, en cambio, tiene unas yemas de los dedos blandas y blancas, como el lecho de una paloma en un harén. Mi hermano, en cambio, sabe lo que vale la conservación de la yema de sus dedos, especialmente la del anular. Y si no lo sabía, lo aprendió ese día. Y si tenía alguna duda, ese día lo aprendió.

Antonio descansaba fumando mientras miraba las ventanas de las casas, las copas de los pinos, el musgo de los troncos. Antoniño descansaba de hacer montones de faísca, de ajuma, de pinocha, de hojas de pino, para que el viento los volviera a deshacer.

Mi padre pensaba que esos montones no valían para nada. A mi madre, los montones le daban igual. Mi hermano, ese no les daba mucha importancia, pero alguna vez se tiró a alguno.

Yo, en cambio, los estudiaba como quien estudia los montones de grava de un jardín seco japonés. Yo, en cambio, veía en ellos mensajes para el alma.

Es extraño que Antoniño tuviera el secreto de la fábrica y manufactura de esos montones. Era extraño que, rastrillo en ristre, practicara la geometría de los montones.

Él, un mariñeiro. Él, un capitán de pescadores. Él, un hombre que miraba el mar y lo veía.

Sin embargo, cuando llegó a ser capitán, un día salió de la ría, una tarde, con su tripulación preparada para echar las redes. Anochecía. El barco dobló el espigón y puso rumbo a la boca de la ría. En la salida de la ría hay un cabo, Cabicastro, con un acantilado que cae casi a plomo, y en el que los percebeiros deambulan medio ocultos por el brezo.

En el acantilado del cabo, de Cabicastro, hay varias catas romanas de cuando Roma buscaba plata. Hoy, la plata solo está en los ojos del gato de la hermana de quien cuenta esto. Hoy, la plata, solo sirve para ver peor.

En Cabicastro, a unos doscientos metros de la punta, había un bajo, una piedra. La piedra de Cabicastro sobresalía unos cinco centímetros de la superficie con marea baja. Con marea alta, desaparecía bajo la espuma.

Todo el mundo conocía la piedra de Cabicastro. El Elmo era su nombre. La punta de Cabicastro también era la punta do Ferro. Todos conocían el Elmo. Antoniño también.

Los marineros, acostumbrados a sus saberes, hacían que sus barcos pasaran entre el acantilado y la piedra, así ahorraban unos minutos y algo de gasoil. Así mostraban a los demás y a ellos mismos que eran marineros duchos, avezados, atrevidos.

En cierta manera, el acantilado y la piedra eran dos montones. En cierto modo, los montones de faísca que Antoniño hacía eran representaciones de la piedra y del acantilado. En cierta manera, uno se pasa la vida recreando su piedra y su acantilado. Y su naufragio, aunque es una contingencia que no debo introducir todavía.

Para un ser acostumbrado al grito, a su pulsión, a su inmediatez, es difícil controlarse, es complejo no introducir contingencias que tienen un lugar posterior en la narración. Los marineros, de hecho, preferían pasar entre los dos, entre el acantilado y la piedra, en una maniobra en apariencia temeraria, pero que, como he dicho, les permitía ahorrar unos minutos y unos centilitros de gasoil. Todos pasaban entre la piedra y tierra de día, con los motores diésel de sus barcos petardeando, incluso mientras el sol se ponía. Luego, de noche, algunos pasaban entre la piedra y tierra, y otros no, por miedo a toparse con ella, por miedo a morir ahogados en la oscuridad, por temor a que el mar se convirtiera en la puerta del infierno.

Antonio, esa tarde, salió entre la piedra y tierra. Antonio, esa madrugada, quiso volver entre la piedra y tierra. De noche es difícil lo que a veces de día es fácil. A veces, de día es fácil aguantar a la gente, pero de noche no hay quien lo haga. A veces, de día es fácil decir que se ama a la gente, pero decirlo de noche es mucho más difícil. O quizá al revés, ya que amar es una relación biunívoca a veces.

Antonio no quiso decir que amaba a la gente, simplemente quiso entrar esa noche en la ría entre el Elmo y tierra, entre la piedra y el acantilado, pero el Elmo se interpuso en su camino, se enfrentó a su quilla. El pesquero no tardó ni dos minutos en hundirse. Era una noche ciega, sin luna ni estrellas. Tampoco es que hubieran ayudado mucho, de haberlas habido.

Por una paradoja a menudo común en el pasado, muchos marineros no sabían nadar. Por esa paradoja, tres se ahogaron esa noche.

Antoniño y otro se salvaron, no porque supieran nadar, sino porque supieron agarrarse a varias cajas de madera atadas hasta que ya de día salieron a buscarlos.

Nunca quería hablar de aquello. Yo lo sabía por las voces de los pinos, por los secretos heroicos de mi hermano, por las sombras de las almas muertas cuando esperaban pacientemente a que la Santa Compaña pasara para llevárselas. Yo lo sabía, pero Antonio nunca me lo dijo.

Antonio nunca hablaba de cuando había sido marinero. Yo sabía que ese día Antoniño había decidido no volver a subirse nunca más en un barco. Yo sabía que su determinación pasaba por la creación de montones de faísca cónicos, puesto que su geometría aseguraba para él el orden de las cosas.

Lo que significaban esos montones solo él lo sabía. Lo que significaban esos montones solo yo lo intuía. Lo que significaban, yo lo contaba en mi grito, pero mi grito no lo entiende nadie.

Su mirada se perdía a veces en los montones de faísca mientras descansaba apoyado en el rastrillo con un Celtas sin filtro entre los dedos, como la de un monje que estudiara, muy levemente, el montón cónico de grava mientras limpia el jardín de roca del templo de las hojas de arce secas caídas.

Ese día, el día en el que la piedra y el acantilado se convirtieron en montones, el mar seguía creando olas. Cómo crea olas el mar, es un misterio. Algunos dicen que es el viento el que crea las olas, y yo cierro los ojos y noto cómo el viento crea olas en mi cerebro.

El viento norte crea olas lisas, pequeñas, claras, de mirar cristalino. El viento sur crea olas densas, de lomo de toro, que vagan con aparente lentitud, pero que empujan con terquedad de soldado normando. Aun así, las olas no son nada, son solo la forma de otra cosa.

Las olas son una de las formas del agua. Siendo forma, tienen entidad de ser. Siendo forma, alguien la ha tenido que formar. Siendo forma, tienden a su esencia.

El mundo está creado por esencias de formas. Las esencias de forma viven en algún lado, y ese lado yo lo exploro desde mi patio de cemento. En mi patio de cemento, las olas se suceden, las palabras se suceden, los colores se suceden.

Mi mente, que es un mar inconcreto, se ve asaltada por formas diversas, que rugen cuando se deshacen. Que braman cuando se rompen. Que susurran cuando mueren.

Cómo puedo contar todo esto siendo un imbécil, es otro misterio que habrá que explicar.

Había una vez un tigre. El tigre vivía en lugar donde todos sabían que él era un tigre. Lo sabían por su pelaje rayado, por sus fauces dentadas, por la protrusión de sus colmillos, por su tamaño, por sus andares suaves y flexibles, anticipando siempre el salto, por sus rugidos…

El tigre, dormía solo en una cueva nido, de esas que no pagan la luz, ni el gas, ni impuesto por las basuras, ni deben contratar seguro, ni figuran en el catastro, ni se compran o se venden, por lo que no hay registro de la propiedad que valga para ellas. Dormía allí hecho un ovillo atigrado.

Vivía mucho mejor que el tigre del zoo de Berlín, ese es un loco esquizofrénico que no hace más que dar vueltas en su jaula mientras los aprendices de filósofo o de dictador lo observan casi en silencio, diciendo algo a sus retoños bien abrigados con chaquetas de esquí con capuchas. Vivía mucho mejor y dormía mucho más tranquilo.

Pero, a este tigre (no el del zoo de Berlín sino el de la cueva nido), le ocurría algo: cada mañana al despertarse, se había olvidado de que era un tigre. Se le olvidaba a pesar de que antes lo supiera. Para olvidarse de algo hay que intentar recordarlo. O para recordarlo hay que intentar olvidarlo.

Genji dijo eso en algún momento. Dijo, "cuanto más te intento olvidar más te recuerdo". Quizá a mí me pasa eso. Quizá es lo que me ocurre. Que solo intento olvidar y únicamente llego a recordar. Que estoy condenado al recuerdo mientras siga intentando olvidar. Cómo Murasaki Shikibu llegó a esa revelación muestra la sutilidad de sus palabras de nácar, la delicada irisación de sus ideas de madreperla.

El tigre covachero despertaba y, como un yogui tibetano, solo sentía que existía, que era. Pero no sentía que era un tigre. Eso no lo sentía al despertar.

Luego, cuando salía de su cueva nido, la gente al verlo decía, mira, allá va el tigre, y él entonces pasaba a saber que era un tigre. No lo sabía por él, lo sabía por los demás. Lo sabía por el espejo de las palabras. Lo sabía por un azogue de sensaciones y sentimientos.

Antes de saberlo, transcurrían unos minutos, y en esos minutos las cosas entraban en aquello que no era un tigre, pero que era. Entraban sonidos, ruidos, sensaciones, ideas, palabras… Entraban y eran como un río. Eran como un río absoluto de existencia, de un ser que no tenía que ver con las clasificaciones.

Yo soy como ese tigre. Yo no soy un tigre, pero cuando me despierto cada mañana no existo yo, no existe el idiota, sino que hay solo un cerebro y cosas que entran en él.

Eso dura tan solo unos minutos. Pero en esos minutos el mar entra en mi cabeza, las olas lo barren, las sensaciones sin nombre, las palabras de otros carentes de sentido particular… Entra todo y en mi cerebro se posa, viaja, salta y me da unos segundos de existencia fuera de mí.

Cuando estoy ahí, fuera de mí, puedo decir cosas. Cuando estoy ahí, fuera de mí, las palabras son puentes de plata entre el cielo y un yo que no es yo. Cuando estoy ahí, lo cuento. Luego, me ponen en mi patio de cemento y ya solo grito. O cuento las olas con una furia desatada, con un desgarro que viene de la certeza de que todo es una forma.

Yo soy solo una forma, como una ola lo es. Yo soy solo una forma abocada a deshacerse en la arena. Yo soy una forma y me gustaría saber quién me la ha dado. Los demás, dicen que me la ha dado mi madre. Los demás dicen que me la ha dado mi padre. Algunos dicen que la tengo yo, que es mía, que cada uno tiene su forma, pero no explican si yo me la he dado a mí mismo. Ese es un hecho improbable, pero es el más apaciguador para todos.

Mi madre, cuando deja de llorar, a veces dice "Ay, este niño mío, en qué camino de Francia se perdió". Yo no sé si lo dice por mí, por mi hermano, o por los dos.

Mi padre en cambio musita "Estos dos cabrones, ¿de dónde coño han salido?" La gente hace a veces eso, se pregunta de dónde han salido las cosas cuando la realidad es que lo saben perfectamente. Ocultar la sabiduría apacigua, la sabiduría no deja de ser una forma más, pero un poco incómoda a veces.

En esos minutos de la mañana, yo veo las cosas y relato lo que me pasa. Como el tigre en los momentos anteriores a saber que es un tigre. Pero, ¿y si un tigre, tras salir de su cueva nido no se encuentra a nadie y no escucha de nadie decir que es un tigre, en ese caso, qué pensará que es?

A lo mejor, un tigre no necesita que nadie se lo diga. A lo mejor un tigre lleva ya en su cabeza al otro, a la sabiduría, y cuando se ve una pezuña piensa "¡Hostias, un tigre!" A lo mejor, un tigre sabe lo que es tras unos minutos porque en su cerebro hay una ola que le dice que es un tigre. A lo mejor, eso explica que, cuando me ponen en el patio de cemento, aunque yo no oiga a nadie decir "Mira, el idiota", sepa que soy uno. A lo mejor, que soy un idiota es una forma de mi cerebro, una ola más que, tras unos minutos, cada mañana se yergue y cae en mi arena.

Yo no sé qué olas caen en la arena de mi hermano. Mi hermano seguro que tiene esencias de olas actuando en su agua, y por tanto pasa algunos minutos también sin saber qué es, sin preocuparse de ello, antes de saberlo.

Por qué sabemos las cosas es algo raro. Las sabemos porque nos las dicen. Las sabemos porque las estudiamos. Las sabemos porque creemos que las deducimos. Pero, ¿quién deduce algo hoy en día?

Hoy en día la gente mira a una pantalla y piensa que otros le hablan, le dicen, piensa que piensa, que estudia, que deduce. Pero lo cierto es que no sabe qué ocurre allí.

A mi hermano le dicen las cosas, pero se rebela. A mi hermano le dicen que estudie, pero se pone dos hojas de higuera, una en cada oreja, y se va a hacer flexiones en el banco del garaje. Cuenta: una, dos, tres, cuatro, cinco, seis... Mi hermano cuenta sus flexiones como yo cuento mis olas.

Las flexiones son cosas, pero no son objetos, son formas. Las formas de las flexiones exigen un brazo al menos articulado, una superficie estable, aire. Las formas de las olas exigen agua, aire, y una arena en la que morir. Algunos dicen que también exigen viento.

Mi hermano cuenta flexiones esperando que se acumulen en sus deltoides, en sus dorsales, en sus trapecios, pero sus flexiones volaban y se posaban en el silencio de la tarde. Hoy no contaba flexiones, no contaba flexiones, no contaba flexiones.

Mi hermano miraba por la ventana mientras la mujer del notario, a cuatro patas y con las dos delanteras apoyadas en el marco de la ventana, gemía. A mi hermano, aquel gemido le partía el alma, le llevaba a algún lugar que estaba muy lejos de los gemidos.

El gemido se lo llevaba como quien se lleva una brújula, como quien se lleva una cantimplora, como quien se lleva un teléfono móvil con gps incorporado.

Los gemidos de la mujer del notario penetraban en el cerebro de mi hermano. Los contaba como el que cuenta olas. Además, cogía alguno con una mano y se lo metía en los bolsillos.

Los bolsillos de mi hermano están llenos de espuma, de arena, y de algunos de gemidos... Los bolsillos de mi hermano están llenos de todas esas cosas incontables.

Mi hermano, mientras ella se apoyaba en el cristal de la ventana con las manos, mientras veía su nuca en forma de remolino, sintió una desnudez inaudita. Nunca antes se había sentido tan desnudo como esa vez, si bien en realidad nadie lo miraba, nadie lo veía.

Es interesante considerar que el día que más desnudo se sintió en su vida, el primero en el que realmente se sintió desnudo, fue un día en el que nadie lo veía, en el que estaba solo detrás una mujer apoyada en un cristal, con dos manos que paraban el cielo, con cuatro ojos que miraban el mar.

Los gemidos de la mujer del notario volaban por el pinar y yo agarraba alguno al vuelo y se lo daba a Antoniño como quien le da una chiquita de vino del país. Algún gemido se quedaba quieto, posado en el suelo de cemento de mi patio. Allí yo observaba cómo movía lentamente su pequeña cabeza, cómo estiraba su delicado cuello. Nadie más lo veía, cómo lo iba a ver. Nadie más lo oía, cómo lo iban a oír.

Así fue ese día, esa tarde de otoño, ese mundo de un color gris, verde y marrón que me rodeaba, que era mi fondo galaico con recuerdos de un Patinir casi olvidado.

VI

El ventanal

A partir de ese día, mi hermano y la mujer del notario siguieron creando gemidos. Mi hermano salía sigilosamente de casa, como el amante sale del lecho de la amada, o la amada sale del del amante. Mi hermano salía sigilosamente de casa, como el ladrón sale con el Rolex del señor y el Omega de la señora en el bolsillo. Mi hermano salía sigilosamente de la casa como la ladrona sale con la tarjeta de crédito de su expareja metida en su ropa interior superior, allí donde se posa la mirada del hombre rijoso.

Solo que mi hermano no salía con el bien querido en el bolsillo, sino que iba al bien querido. El bien querido oscilaba entre la desidia, la angustia vital, el hastío marital y algunos momentos de entusiasmo que pasaba frente al espejo.

Los espejos reflejan lo que queremos, reflejan infinitas cosas a la vez. Pero eso daba igual a mi hermano. A mi hermano le importaba la ropa interior color verde, la ropa interior color violeta, la ropa interior color fucsia, la ropa interior color negro...

Salía como el ladrón sale del banco, con cara de no haber hecho nada, y volvía con la misma cara.

Mi hermano vivía en nuestra casa, pero vivía en otra también. Había descubierto que la casa de esos señores de Madrid tenía un garaje que podía abrir y en el garaje había dos habitaciones con cama. Las habitaciones tenían también mesilla de noche y una ventana cada una que daba a un encachado, que a su vez dejaba ver el mar entre los pinos. También había un cuarto de baño apestoso, pero eso a mi hermano le daba igual, era un cuarto de baño. El cuarto de baño incluso tenía papel. El papel se enrollaba como se enrolla mi cerebro cuando cuento olas. El papel se enrollaba como se enrolla el viento cuando deja que los gemidos de la mujer del notario viajen por él.

No es que mi hermano no gimiera, pero sus gemidos eran más sordos, más breves, más tímidos, más discretos. En eso, mi hermano mostraba una educación sólida y unos principios intachables, o poco tachables. Mi hermano descubrió su refugio y lo usaba antes de visitar a la mujer del notario, o a veces después. Allí, se tumbaba en la cama y miraba el techo. El techo de su cuarto se parecía mucho al suelo de mi patio.

Uno miraba hacia arriba, el otro miraba hacia abajo. Los dos contábamos algo, uno gemidos, otro olas. Yo contaba olas porque a mi hermano le gustaban las olas. Yo las contaba porque mi hermano nos había abandonado y vivía para ellas. Vivía para mirarlas, para estudiarlas, apara aprenderlas, para intentar correrlas. Mi hermano se deslizaba sobre las olas y olvidaba que existía.

Cuando yo grito, me olvido de que existo. Mi grito es una no existencia sonora, las olas de mi hermano son una no existencia playera. Mi hermano vivía en la orilla como el marinero que ha perdido la gracia del mar. Él había perdido la gracia de mi madre, la gracia de mi padre. La mía, esa nunca la había tenido. Mi gracia está donde habita el horror.

Mi hermano aceptó mi gracia como quien acepta el pecado original. No entraré en el pecado original, pero si alguien lo ha tenido en este mundo, ese he sido yo.

Yo me aferro a mi pecado como me aferro a mi ser contrahecho, a mi mirar esquivo y ladeado, a mi grito infecto y nauseabundo. Mi grito es puro como el agua que sale de un manantial, pero a la vez es infecto como agua que se evita, como pantano que se quiere secar.

Mi hermano se tumbaba en la cama y pensaba en la mujer del notario. De pequeño, había tenido la fantasía de tener un barco de vela, de madera, de unos doce metros de eslora, de diseño americano de los años sesenta, de tenerlo fondeado delante de la casa, y de tener allí a una mujer elegante, silenciosa, discreta, con un enorme vestuario de ropa interior de distintos colores.

Los lunes roja, los martes amarilla, los miércoles morada, los jueves azul, los viernes verde, los sábados blanca, los domingos negra… Y luego vuelta a empezar.

En el barco, en la intimidad de solo dos cuerpos. En la ausencia de mentes pensantes. En el nirvana del tacto y la imagen.

Sin embargo, esa fantasía no se había cumplido, pero la vida le había regalado con otra. La vida muchas veces regálanos con variaciones de nuestras fantasías. La vida es en eso como una madre, a la que un hijo le dice que por su cumpleaños quiere un jersey azul marino, pero lo trae rojo, rojo teja. La vida es en eso un ser generoso aunque juguetón.

A mi hermano le regaló una mujer madura, un ventanal frente al mar en el que apoyar las manos, distinta ropa interior de colores, bastante sexy en general. La amarilla especialmente, por sus aberturas.

Se lo regaló, y luego le regaló un refugio para descansar y mirar al techo. Allí mi hermano se tumbaba antes y después, y se dedicaba a sentir esas cosas tan raras que sentía. Esa sensación de desnudez profunda, primigenia. Ese sentido de castración, que no sabía de dónde le venía. Esos olores que en la memoria se convertían en sabores. Esos sabores que en la memoria se convertían en olores. Ese paisaje carnoso, compuesto de caderas, pliegues, muslos y barrancos.

Mientras pensaba en todo eso y en la mujer del notario, la mujer del notario estaba en su casa bebiendo whisky y pensando en el notario y en mi hermano. Mientras pensaba en todo eso, el notario estaba en una oficina, firmando cosas, haciendo que existieran cosas antes no existentes.

El trabajo del notario era similar al de un mago, al de un semental, al de dios. Quizá por eso, de su calva salían unos rayos de efecto solar que inundaban el paseo de tamarindos mientras volvía a su casa. El resplandor de los rayos indicaba a su mujer que el notario volvía. El resplandor de los rayos indicaba a los pájaros que el notario volvía. El resplandor de los rayos me indicaba que el notario volvía.

Cuando los pájaros lo veían, cantaban, y si eran cuervos graznaban. Cuando su mujer lo veía, se atusaba el pelo, se alisaba la falda, se convertía en una joven recatada, casi colegial. Cuando mi madre lo veía, lo deseaba. Cuando mi madre lo veía, odiaba a la mujer del notario, porque iba a tomar posesión de esos rayos.

De la cabeza de mi padre no salían rayos, salían pelos hirsutos, salía indiferencia, salían pensamientos que bien podía debérselos a Buda. Pero no salían rayos.

Cuando lo veían, tanto la mujer del notario como mi madre se servían un vaso de whisky y lo ingerían rápido, con avidez de mujer desesperada de una película de John Cassavettes. Cada una se lo bebía en su casa, en la cocina, apelando a los lares, con la esperanza de que nadie las viera, pero el deseo vago de que alguien lo hiciera. Luego, se pasaban con la mano izquierda la melena hacia atrás, pero cuidadosamente dejando que volviera a caer hacia delante para cubrirles los ojos.

Mi hermano era muy consciente de todo ello, pero él seguía a lo suyo, a producir gemidos, a contar gemidos, a llevar a cabo variaciones sobre la ropa interior de diferentes colores.

La vida es una variación continua. La literatura es una variación continua. Las matemáticas son una variación continua.

Lo que cuento es una variación continua. Se diría que con este cuento yo soy el rey de la variación. Se diría que con este cuento yo soy el rey de la variación continua. Mi relato es como un grito, que nunca cesa, pero que tampoco es el mismo nunca. Existen en él pequeñas variaciones que solo yo veo, que solo yo valoro, que solo yo paladeo.

La apreciación de las variaciones es algo para lo que yo estoy muy entrenado, pero para lo que muy poca otra gente está. A mí me entrenó el suelo de cemento de mi patio. A mí me entrenó el viento sur entre los pinos. A mí me entrenaron las olas que tanto quería mi hermano.

Cuando descubrí que las quería, decidí meterme todas en la cabeza, hacerlas huéspedes de mi cerebro. En el fondo, yo quería que mi hermano me quisiera, aunque la verdad es que ya me quería. Pero yo quería asegurarme ese amor, obligar a mi hermano a ese amor, hacer que no pudiera nunca dejar de sentir ese amor.

Que los demás dejen de sentir amor nos aterra. Por qué nos aterra es algo que solo se puede saber cuando se siente. Pero la verdad es que nunca se siente, solo se imagina. La realidad da tanto miedo que preferimos la imaginación de lo que se siente a la posibilidad de que esa imaginación se haga realidad.

Yo, en mi patio, quería meterme todas las olas del mundo en mi cerebro. Y luego, en mi patio, quería meterme todos los gemidos de la mujer del notario en mi cerebro.

Hubo un momento en que en nuestra humilde y terrorífica mansión sobre la costa gallega todo giraba alrededor de la mujer del notario. Mi hermano abandonó las olas. Mi madre, que se olía que algo pasaba con la mujer del notario, no hacía más que pensar ella en el notario. Mi padre, que quizá sentía todo, hacía como si nada existiera, incluso él. Y la mujer del notario, aunque se dedicaba a producir gemidos, aunque se había convertido en una máquina de gemidos, se alimentaba con su rechazo imaginario y obsesivo al notario.

Mientras tanto, el notario andaba por ahí creando realidades y destellando por el paseo de tamarindos. Mientras tanto, yo contaba algo, lo que fuera, y cada vez que mi hermano se deslizaba con sigilo hacia aquella casa de la umbría yo sentía que la tragedia se cernía sobre nosotros, como el ala de un cuervo.

Por qué lo sentía es algo que solo sabemos los faltos, los contrahechos, los idiotas. Lo sentía como el cuervo siente dónde se ha de posar, como el mosquito sabe dónde ha de picar, como el alacrán conoce dónde debe cambiar de piel.

Hasta que un día apareció él. No era notario, ni los rayos centelleaban desde su cabeza. No tenía tampoco una mujer elegante y fina, sexy y desdichada, con una colección de ropa interior sexy de variados colores. Era un beagle más o menos puro, que llegó por allí. A lo mejor no era un beagle, sino que se parecía a un Beagle. A veces las cosas se parecen a algo, pero no son algo.

Que algo es algo es algo en lo que es mejor no entrar, lleva a muchos desengaños. Esos desengaños, a veces son wittgensteinianos, pero eso da igual, siguen siendo desengaños.

El beagle o no beagle, o algo beagle, llegó olfateando algo, como hace un beagle. Incluso aunque se diese la circunstancia de que no fuera un beagle, es seguro que llegó olfateando. Llegó y se internó en la habitación ocupada por mi hermano en el garaje de aquellos vecinos que vivían en Madrid, dispuesto a todo.

Así fue como se hizo amigo de mi hermano. Mi hermano, una vez que se hizo amigo del beagle, le confió sus mayores secretos. El beagle lo miraba con ojos serios, algo tristes, como sabiendo algo. Se parecía a Snoopy, pero de la misma forma que yo, que soy contrahecho y falto, me parezco a Gary Cooper.

Gary Cooper está en los cielos, yo estoy en mi patio, en mi muro de cemento, en mi página en blanco. Tanto los cielos, como mi patio, como mi página en blanco, son unas formas culturales y personales de la prisión.

En realidad, el perro no sabía nada, el que sabía era yo, pero mi hermano prefería otorgar el don de la sabiduría a aquel perro, en vez de a su hermano, que era menos que un perro, que era un falto contrahecho que se pasaba el día gritando.

El beagle ladraba de vez en cuando, pero poco, con seriedad y comedimiento, como debe ladrar un beagle. No era en eso como un foxterrier, perro ladrador donde los haya. Ni como un mastín español, perro silencioso donde los haya. Era un perro correcto, ligeramente huidizo, como buen perro abandonado, pero con una seriedad a la gentleman neoyorquino de los años sesenta que imita al gentleman británico de los cincuenta, que a su vez tiene como modelo un complejo compendio de imágenes masculinas en el que se mezcla el soldado, el agricultor, el sportsman, el trabajador de la city y el borracho tabernario del South.

Porque el perro era macho, eso estaba claro. Porque el perro era macho, eso no lo podía evitar. Todavía no ha nacido un perro que haya cambiado de sexo. Todavía no ha nacido un perro que haya dicho "me considero perra, cambiadme el nombre, por favor".

Los perros no entran, por el momento, en esa escueta lista de animales que cambian de sexo: el pez payaso, el caracol jantínido, el tordo limpiador o labroides dimidiatus, la lapa zapatilla o crepidula fornicata, algún bivalvo antártico...

El perro compartía con mi hermano esas horas raras, precoitales y postcoitales, en las que mi hermano bien se preparaba, bien descansaba de un rito propio en la antigüedad de la supervivencia de las especies. Yo, mientras tanto, gritaba todo el tiempo, gritaba durante horas, como un salvaje al que estuvieran desollando. Yo gritaba, y todos odiaban mi grito, aunque en realidad todos leían

el futuro en mi grito, eso es algo cierto que por el momento deja-
remos en secreto.

Mi grito era una profecía. Mi grito era una visita al presente desde el
futuro. Cómo puede ocurrir eso es algo que solo las mentes más pre-
claras pueden llegar a entender.

Mientras tanto, en esos momentos, mi hermano hablaba con su nuevo compañero que se tumbaba debajo de su cama, en silencio. Su
nuevo compañero escuchaba lo que mi hermano le decía, pero él no
respondía nada. Tan solo lo miraba con esos ojos de responsable
contable de la City. Tan solo lo observaba con ojos de estar pensando
en otra cosa.

Mi hermano, en su profunda e intensa fantasía sexual casi hecha realidad, había olvidado las olas, la playa, la arena, la sal. Yo no las había
olvidado, pero lo veía deambular por el bosque otoñal y húmedo
como si fuera el joven atormentado de una película existencialista
francesa, como un garçon delgado, de brazos largos, de piernas lar-
gas, de pelo color del bronce, que camina por el bosque con un jersey
de cuello alto y unos botines de cuero extrañamente urbanos, dos
tallas mayor que la de su pie, como alguien que, en busca de algo,
olvida lo demás.

Lo veía como se ve a alguien que ha perdido la gracia del mar. Yo no
la había perdido, al revés, cada tarde me la metía un poco más en mi
cerebro, en forma de olas.

Mi hermano repetía su paseo, como el que repite su camino. Y, entonces, otro día apareció ella en la habitación que mi hermano y el perro
habían ocupado.

Ella era extrañamente belga, algo realmente extraño para un pueblo pesquero y galaico. Sin embargo, si se piensa bien, no era tan extraño, ya que algún emigrante gallego la habría pillado y la habría traído. Bien pensado, no era tan extraño. Sin embargo, es posible hacerse la pregunta de qué hacía una mujer de piel y carnes nacaradas en un pueblo en el que las mujeres huelen a pescado.

Ella también olía a pescado, por eso uno se podría hacer la pregunta, ya que es raro que una mujer con piel y carnes nacaradas huela a pescado. Me refiero a ese olor a pescado fresco que el que conoce nunca puede olvidar. Se huele una vez y ya se sabe para siempre que ese es el olor a pescado fresco. Yo lo hice, no sé cuándo, pero lo hice, olí una vez el olor a pescado fresco y ya no lo olvidé nunca.

Llegó por el camino, al piso de debajo de la casa de los veraneantes de Madrid, a la habitación en la que mi hermano y su perro pasaban horas juntos en silencio. Las horas en silencio son siempre la antesala de algo.

Yo nunca he tenido un algo que deseara, un algo que me esperara, y me he pasado las horas negando el silencio, gritando. Aunque, bien mirado, mi grito es una forma de silencio. Por lo que quizá, mi grito ha sido la antesala de algo.

Quizá mi grito me ha llevado a esta habitación blanca en la que un hombre vestido de blanco me trae papel blanco sobre el que escribo con tinta verde.

Verde era la tinta con la que mi madre escribía sus poemas a Chispitas. Verde era la ropa interior de la mujer del notario el primer día en el que la yema del dedo de mi hermano se deslizó por su espina dorsal. ¿O era morada?

Verde era el color de los pinos que me rodeaban, que olían a pino, que se mezclaban con el azul del cielo, con el azul diferente del mar, con el gris de los días nublados, con la oscuridad de la noche.

Yo escribo con el color verde porque mi madre así lo hacía. Uno aprende el dolor propio de un dolor ajeno, esa es la ley de la vida. El dolor propio no viene solo, ni lo impone el cuerpo, ni siquiera la biología. El dolor propio nos lo enseñan nuestras madres y padres cuidadosamente, con detalle y precisión. También algunas películas en las que el guionista y el director reflejaron el dolor propio.

Yo aprendí a gritar de mi padre y de mi madre. Aunque mi padre gritara en silencio y mi madre lo hiciera con tinta verde.

De ahí el verde de mi tinta. Cuando lo miro, no sé por qué, me alegro, quizá porque la tristeza y el dolor aprendido a una tierna edad fluye fácil, como un arroyo de montaña.

El caso es que la mujer belga, joven, guapa y de piel y carnes nacaradas, llegó un día y se dio un susto al ver a mi hermano tumbado en la cama de uno de los dos cuartos del piso bajo de la casa de la familia de veraneantes de Madrid. El caso es que mi hermano también se asustó al verla. El caso es que el perro, beagle o no, de mi hermano podríamos decir, se asustó también, aunque contuvo su emoción como lo hubiera hecho un contable de la City.

La mujer miró al suelo y se atusó el pelo, se alisó la ropa, para luego salir al encachado. Mi hermano la vio con asombro y miedo, pero también vio su elegante perfil dibujado contra el muro blanco, como en una película algo enigmática de la nueva ola francesa. A pesar de que mi hermano vio su perfil tan solo un momento, menos de un segundo, adivinó que no podía dejar que se fuera.

Mi hermano se levantó y la siguió. Ella se paró y se miraron.

Un aspecto importante era si la ocupación parcial de mi hermano del dormitorio del piso bajo, de lo que llamaban nave, de la casa de los veraneantes de Madrid era precoital o postcoital, eso nos podría decir bastantes cosas. Por el momento, lo mantendré en secreto, aunque el rosicler de las mejillas de mi hermano podría darnos alguna pista.

La mujer belga de piel y carnes nacaradas también pudo percibir un milisegundo el rosicler de las mejillas de mi hermano. Quizá por eso no salió corriendo, sino que se detuvo y se paró frente a él, mirándolo con una mezcla de miedo y de curiosidad. El perro, a su vez, se puso también de pie y acompañó a mi hermano. El perro, como buen sabueso, percibió todo, la curva de la nariz, el rosicler de las mejillas, la piel y las carnes nacaradas, y el sutil miedo.

El perro lo percibió, junto con alguna feromona viajera, pero permaneció impertérrito, como un contable de la City mientras espera el autobús, pensando en sus cosas, pero haciendo que lee un enorme periódico doblado.

Los tres se miraron, se percibieron, se olieron y se dieron significados recíprocos los unos a los otros. Fue un momento semiótico especial. Fue una pequeña celebración de la trinidad y sus misterios. Mi hermano, hasta ese día usaba el cuarto para mirar al techo, pero también para leer.

Un día, por la tarde, vino a mi patio y me dijo, estoy leyendo algo que te gustaría. Yo sabía que cuando me decía eso era porque iba a contarme algo. Yo esperaba que me lo contara.

Entonces, en vez de gritar yo gruñía con un gruñido lento, bajo y profundo que invitaba a las confesiones. Mientras gruñía, yo miraba las esquinas de mi patio como si por allí corrieran los pedazos de las historias que me contaba mi hermano.

Ese día, me habló de un libro que estaba leyendo. En general, leía historias de olas, historias de barcos, historias de seres urbanos en general infelices. Ese día me contó la historia de un hombre que no era urbano, no ligeramente infeliz, ni tenía el mar como fondo o manera.

Me dijo que el hombre de la historia era como yo, falto, hirsuto y algo contrahecho. Me dijo que eso no le impedía ser el protagonista de una bonita historia.

En esa historia, el hombre vestía una chaqueta de tweed viejo irlandés, deshilachada en las mangas y los bajos. En esa historia el hombre vestía unas botas viejas descosidas, abiertas en la punta, con agujeros en la suela.

Al oírlo, yo sentía deseos de vestir una chaqueta de tweed deshilachada en las mangas y en los bajos, y casi gritaba. Al oírlo, me miraba los pies y veía mis zapatillas de deporte de lona azul con unas rayas amarillas y la suela blanca y me daban ganas de gritar. Pero una pesadez del estómago, previa al vómito, me detenía.

Así que simplemente gruñía, y miraba las esquinas de mi patio de cemento buscando los pedazos de historia que mi hermano desgravaba y que corrían a mi alrededor, como las llamas de un fuego. Así que gruñía mientras deambulaba por mi patio como el tigre del zoo de Berlín.

Me dijo que el hombre caminaba por un camino de tierra, luego de arena, luego de tierra. El hombre no hacía más que caminar y, de forma extraña, a mí me entraban esas ganas, por ese camino. De forma extraña, cuando mi hermano me contaba cosas de otros a mí me entraban ganas de hacer las cosas que mi hermano me contaba.

Mi hermano, a veces me contaba cosas que hacía él, otras veces cosas que hacían personas en libros que leía. Digo personas y sé que no son personas. Digo personas y sé que son conjuntos de sentimientos, nódulos de sensaciones.

Mientras mi hermano me contaba esas historias, mientras yo gruñía, mientras buscaba por las esquinas de mi patio con la mirada las llamas sueltas e insinuantes de los trozos de su narración yo iba construyendo una poética.

Eso es algo que nadie sabe, pero mi poética estaba ya en mí, a pesar de mi grito, malgré mi mirada esquiva, in spite of mi cuerpo enano y contrahecho. La poética personal es siempre una superación de las limitaciones personales. La poética es siempre una forma de expresar las limitaciones propias.

Cuando mi hermano me contaba lo que había leído era como si un grupo de arrieros se juntaran en una posada castellana y miraran al fuego mientras uno bien leía un libro, bien relataba de corrido algo que o sabía o se inventaba.

Yo pensaba eso en un segundo, como el relámpago de finales de agosto, pero me daba igual, porque qué más da de dónde vengan las historias. Unas vienen del pasado, otras del futuro, otras de donde creemos que está el pasado o de donde creemos que está el futuro. Pero, cuando vienen, queremos estar en ellas, vivir en ellas, ser como los que viven en ellas.

Yo quería ser como ese hombre que caminaba con una piedra en la boca. La piedra era redonda y lisa, era un canto rodado. Meterse en la boca un canto rodado y caminar así tiene algo extrañamente poético. Meterse en la boca un canto rodado y caminar así tiene algo extrañamente gracioso.

Más cuando el canto no era un canto pequeño, no era un cantillo, un cantinho da rua, sino un canto regordete, consistente. Era un canto con el que se le podría abrir la tapa de los sesos a cualquier desprevenido.

Antes se hablaba mucho de levantar la tapa de los sesos, hoy los sesos han pasado al lado oscuro. Hoy no sabemos bien qué hay bajo la tapa. Antes, había sesos. Ahora, hay un circuitaje complejo, compuesto por transistores integrados.

Es bien cierto que los cantos rodados despiertan nuestra ternura, ya que son redondos y lisos, como las mejillas de un bebe, tersos y suavemente esféricos como el culito de una quinceañera o de un quinceañero.

Mirar el culo de una quinceañera es hoy delito, pero hace algunos años era el pasatiempo de los ministros, de los gobernadores provinciales, de los guardias de tráfico, de los obreros rijosos, de los vendedores ambulantes.

Mirar el culo de un quinceañero, eso era un acto discreto y casi secreto, para unos y para otras.

Las gobernadoras, esas miraban las cuentas del rosario. Aunque algunas, en secreto, dirigían miradas fugaces a los culitos de los quinceañeros, intentando que no se notara demasiado. Algunas, sin embargo, lo hacían sin buscar el secreto, y luego se tomaban una copita de anís con agua y se frotaban la cara interior del muslo, rozando levemente el nacimiento superior del himen. Para algunas, ese roce era como la llamada de un extraño a la puerta, y estaba lleno de misterio y anticipación.

Yo a veces pensaba por qué no me levantaba la tapa de los sesos. Como tengo cierta edad, en mi patio yo escuchaba de vez en cuando la expresión.

Le levantaron la tapa de los sesos y ni se enteró.

Se levantó la tapa de los sesos y solo dejó deudas.

Un día de estos, le levantaré la tapa de los sesos.

Yo pensaba levantármela un día de estos. Pero mi hermano venía y me contaba la historia del hombre que caminaba por un camino de arena entre árboles, hacia el mar, con un canto rodado en la boca, y entonces me entraban ganas de vivir.

Las ganas de vivir venían de las historias que contaba mi hermano, y de su efecto, cómo se producía este era siempre un misterio grande, enorme, no del tamaño de un buen canto rodado sino del semicírculo que describían los rayos que emitía la cabeza del notario.

Yo me habría metido la cabeza del notario en la boca, para chuparla mientras caminaba por un camino de arena y de tierra hacia el mar, para que así mi hermano pudiera escribirla para luego contármela, pero en vez de eso soñaba con meterme un canto rodado.

Pero en mi patio no había cantos rodados. En mi patio de cemento, la imagen de un canto rodado era tan enigmática como la de un ángel.

Mi madre, una vez me llamo ángel. Yo gruñí, pero luego grité, porque todo el mundo sabe que un ángel no es un ser contrahecho, ni falto, ni jorobado. Tras unos segundos, al darme cuenta de ello, grité mucho, muy fuerte, y estuve varias horas gritando, como un poseso, como si alguna extraña furia me hubiera poseído.

Porque, ¿a quién iba a engañar mi madre?

¿A mí? ¿A ti? ¿A los demás? ¿Al viento? ¿A los pinos?

Y yo grité y pensé ¡ángel!, tus santos huevos…

Así que busqué una piedra, cualquier piedra, y aunque solo encontré una irregular, angulosa, cortante casi, con tierra y hojas de helecho incrustadas sobre todo en un lateral, la cogí y me la metí en la boca con premura. En la boca, la piedra dolía.

Por su forma, sobresalía en lugares raros, no regulares, y cualquiera que me hubiera visto habría pensado que tenía algo raro en la boca, por la irregular y extraña forma de mis mejillas. A mí mismo, la piedra me hacía daño. Hasta creo que me partió un diente.

Pero a mí me daba igual, me daba igual que me hiciera daño, que desfigurara mi cara ya desfigurada, que en vez de un canto rodado fuera una piedra irregular y afilada, y me daba igual porque yo solo pensaba en el protagonista del libro que había leído mi hermano y que me había relatado a mí, ese hombre con una chaqueta de tweed deshilachada que caminaba por un camino de arena y tierra hacia el mar con un canto rodado de considerable tamaño en la boca.

En realidad, yo me veía tan admirable como ese hombre. En realidad, yo me sentía tan peculiar como ese hombre, tan solitario, tan diferente. Mi sentir suspendía mi grito y me daba una tranquilidad enorme e inusitada, como la mejor de las medicinas que nunca me habían dado.

Eso lo conseguía mi hermano con solo contarme esa historia, con solo dejar que los pinos la repitieran meciéndose sobre nuestras cabezas. Al mecerse, repetían la historia. Al mecerse, me la contaban de nuevo, dirigidos por el viento del Sudoeste que hacía que las ramas de los pinos se movieran como los brazos de un director de orquesta cuando dirige El Mar de Debussy.

Hoy, yo me meto en mi cabeza el mar en forma de música. Entonces, me lo metía ola a ola, grito a grito.

Mi hermano, aparte de leer historias de hombres que se metían piedras en la boca, desarrollaba su amistad y trato con la mujer belga malcasada, esa de piel y carnes nacaradas, que miraba el beagle de mi hermano mientras este hablaba mirando al techo. Mi hermano había entonces empezado a construir su refugio perfecto.

La perfección de su refugio dependía de su soledad, de las ventanas de marcos de madera verde con la pintura agrietada, del pomo redondo de la puerta del cuarto en el que se tumbaba sobre la cama, de la cama metálica de tubo de color naranja, del lavabo que había en una pared de la habitación, junto a la ventana. También dependía del beagle y sus ojos melancólicos del color de la miel, de la mujer belga de piel y carnes nacaradas, del recuerdo del color de la ropa interior de la mujer del notario.

Todo ello se fundía en su mente y le llevaba a un estado de estupefacción que solo yo conocía. Todo eso se fundía en su mente y le llevaba a un estado de estupefacción que solo yo sentía. Lo sentía porque a mí, el vuelo de una mosca alrededor de mi cabeza me lleva a un estado de estupefacción. Digamos que yo estaba muy familiarizado con el estado de estupefacción.

La diferencia es que el estado de estupefacción de mi hermano no estaba provocado por el vuelo de una mosca sobre su cabeza. La diferencia es que su estado de estupefacción estaba provocado por una confluencia de factores que mezclaban el placer de la posesión carnal, su insatisfacción derivada, los olores que la rodeaban, el tacto blando alrededor del glande en sus embates, los gemidos sordos de satisfacción de la mujer del notario cuando estos se producían, el ruido de sus manos al resbalar en el cristal en momentos de intensidad alta, el color de su ropa interior puesta, el color de su ropa interior quitada, el resplandor de los rayos que salían de la cabeza del notario cuando caminaba hacia su casa por el paseo de tamarindos, las olas que mi hermano había dejado atrás, olvidadas, solas, y que ahora yo me metía en mi cerebro poco a poco, una a una, la angustia que le producía la insatisfacción de mi madre y el silencio de mi padre, la casa en la que entraba sin ser suya y que era como otro cerebro en el que entrar, el perro más o menos beagle que lo acompañaba con su mirada melancólica, como si algo le hubiera ocurrido que no pudiera expresar, la piel y las carnes nacaradas de la mujer belga que había descubierto a mi hermano en su escondite, quizá siguiendo el rastro del beagle, husmeando su melancolía lejana y enigmática, y que, de alguna forma, como si mi hermano fuera una ola, se lo había metido en la cabeza como yo me meto una ola.

Mi estado de estupefacción era inherente a mi condición, el de mi hermano no. El de mi hermano era inherente a nuestra condición, a la condición humana, en eso mi hermano se parecía a Jesucristo.

Mi hermano quería andar por encima del agua, como él, las tardes lluviosas y solitarias de La Lanzada. Mi hermano quería que una palabra suya bastara para sanarme.

Yo, en cambio, gritaba para poner enfermos a todos. Yo, en cambio, gritaba para sanarme yo, para intentar dejar de ser lo que era.

Mi hermano, en cambio, quería ser algo. Yo quería dejar de ser. Él quería ser. Yo nunca pensaba, en esos momentos, que dejar de ser fuera ser.

A mi hermano le daba igual dejar de ser, lo que quería era ser más. Yo en cambio quería ser menos. Quería desaparecer en el mar que me tragaba. Quería desaparecer en las olas que metía en mi cerebro.

Un millón doscientas veinticuatro mil trescientas treinta y siete, un millón doscientas veinticuatro mil trescientas treinta y ocho, un millón doscientas veinticuatro mil trescientas treinta y nueve...

Yo escribo como las olas, tan seguido como ellas, con su ritmo. Algún día hablaré de mi estilo, pero este no es el momento. Todavía no sabía que tenía un estilo. Todavía ignoraba mi estilo.

Ni lo comprendía ni lo buscaba, el estilo venía a mí como viene el viento a los pinos, como las olas se deshacen en la playa.

El ritmo de las olas yo lo conocía por cuando era pequeño y mi madre me llevaba a la playa y me sentaba en le orilla, y se me mojaba el culo, y mi hermano me cuidaba mientras mi madre indagaba en las caras de los demás la impresión que les producía mi vista y mi existencia.

Los demás hacían muecas ligeras, casi imperceptibles, de asco, de asombro, algunas incluso de animadversión, pero luego se recomponían y sonreían. Yo sonreía y gritaba y notaba el culo mojado, y de alguna forma ponía todas esas muecas, esos casi imperceptibles gestos faciales debajo de mi culo mojado.

La sensación del culo mojado era una sensación ciertamente incómoda, pero así eran también las ligeras muecas de la gente que preocupaban a mi madre. Por eso quizá mi madre buscaba a Chispitas. Por eso quizá mi madre buscaba una cara que no hiciera esa mueca, ese leve gesto de miedo y desagrado, una cara en la que confiar.

Mi padre parapetaba su cara detrás de su periódico vespertino desde las cinco de la tarde, cuando se levantaba de la siesta, hasta las nueve y media de la noche, cuando se metía en la cama con un pequeño transistor para escuchar emisoras rusas y albanas.

Mi padre no sabía ruso, pero hablaba un alemán con acento berlinés. Mi padre no sabía ruso, pero los rusos emitían programas en ruso, en alemán, francés, en español, en inglés, en chino, en albanés, y en otras lenguas propias de la época posterior a la destrucción de la torre de Babel. Mi padre se parapetaba detrás de las palabras para evitar ver el sueño de su mujer.

En casa, todos jugábamos con las palabras y los ruidos. Mi hermano soñaba con sanar a la gente con su palabra, mi padre intentaba ver palabras y no personas, y mi madre se había entregado lujuriosamente a una palabra que definía a una persona y una forma de salvación. Es curioso que todos quisieran salvarse de alguna forma con las palabras cuando las palabras eran su condena.

Yo, entonces, no tenía palabras, tenía gritos. Mi grito era mucho más poderoso que sus palabras, porque era polisémico, simbólico, icónico, indicial, animal, humano y quizá sideral. Salía del cemento de mi patio y de las estrellas que veía de noche en él.

Mi hermano adivinaba la lujuria de mi madre y sin saberlo la mezclaba con la suya propia y no sabía cuál era de quién. Mi padre había renunciado a su lujuria y veía la de mi madre crecer y desarrollarse como quien ve una planta amazónica dispuesta a ganar a sus vecinas, a invadir cualquier terreno libre.

Yo, en cambio, tenía una lujuria intelectual, que había decidido ser grito.

No sé si dentro de la casa del notario escuchaban mis gritos, pero sé que dentro sí lo hacían. No sé si en la parte baja de la casa de los veraneantes de Madrid que mi hermano ocupaba con el perro semibeagle, y ocasionalmente con la mujer de piel y carnes nacaradas, se oía mi grito, pero quizá no, quizá por eso a mi hermano le gustaba tanto ir allí a mirar el techo y a pensar en lo que sería.

Quizá tampoco se oían dentro de la casa del notario y por eso le gustaba tanto ir allí a mi hermano, a ver la nuca y el remolino del pelo de la mujer del notario.

La cosa fue que la mujer belga también quiso que mi hermano viera su nuca, y mi hermano aceptó. Esto complicaba un poco la situación, y le daba a mi hermano unas ojeras no provocadas solo por la falta de sueño. Esto complicaba mucho todo, todo mucho, y yo veía esa complicación delante de mí, como una tela de araña.

Mi hermano la sentía cada vez que, por encima de la espalda de la mujer del notario, veía al notario caminar por el paseo de tamarindos hasta su casa, con aquellos rayos que le salían de su cabeza calva como si fuera un papa destronado, como si fuera la cabeza de alguna iglesia galaica y minoritaria, pero poderosa por la fuerza de esos rayos.

El mismo notario tenía un porte notarial, propio de un funcionario egipcio de la antigüedad, propio de un escriba hebreo, enloquecido por el sol y por el brillo de los sextercios y los dinares. Parecía también un soldado de la Guerra de las Galaxias, con esos rayos y ese paso entre marcial y ajeno a este mundo.

Pero los rayos de la cabeza del notario fueron menguando. Pero los rayos de la cabeza del notario fueron atenuándose. Y una noche...

Una noche...

Una noche...

Sus rayos se hicieron invisibles, y quedó su calva brillante, pulida, su nariz aguileña, ganchuda, sus ojos oscuros y brillantes, sus piernas ligeramente combadas como las de un jinete de las praderas...

O yo no los vi... O mi hermano no los vio por encima de la espalda desnuda y blanca de la mujer del notario.

Por encima del remolino de su pelo, del color de la miel solidificada. Por entre las manos apoyadas en el cristal del ventanal que daba al paseo de tamarindos.

Y el notario llegó.

Y el notario entró.

Y yo fui incapaz de avisar a mi hermano, porque mi hermano ya casi ni estaba allí. No se había ido, pero no estaba ya allí.

Aunque oyó el grito ronco del notario.

Antes había oído la puerta, pero no sus pasos antes sobre el encachado de granito. Pero no sus resoplidos de búfalo caldeo. Pero no sus soplidos de búfalo asirio.

Ni yo.

Ni yo.

Ni yo.

Hoy me maldigo por ello, pero lo cierto es que mi hermano ya no estaba allí del todo.

Por eso sintió el grito, pero no ya el golpe en la espalda, los golpes en la cabaza, los mugidos. Sintió el puñetazo y supo que algo se había roto dentro de su boca.

Pero él solo quería salir de allí corriendo. Pero él solo quería ser otra cosa. Ser otra cosa.

Otra cosa.

VII

Una tragedia

El tiempo corre a nuestro lado, huyendo de algo.

El tiempo corre a nuestro lado, como un atleta que quisiera ganar algo, como una ola que quisiera llegar antes a la arena para deshacerse en espuma, para dejar de ser agua para luego volver a serlo.

El tiempo, siempre han dicho, es una condena. El tiempo, siempre han cantado, es un tormento. El tiempo, siempre se ha creído, impone arrugas, cambia el color del cabello, produce artritis, y hace que caminemos como seres muñoneros.

Pero yo me he movido siempre como un muñonero, como un paseante zampo, aunque poco tiempo haya pasado por mí. Yo soy una excepción en ese sentido, he sido un adelantado, un precoz muñonero aunque el tiempo por mí no haya pasado. Al menos, el tiempo suficiente.

Yo nací así, zampo como un pato. Yo nací así, muñonero como un jubilado cojo. Yo nací así, eso bien lo recuerdan los que están cerca de mí. Y también algunos que están lejos, cuando les llega mi grito, cuando sus oídos internos vibran. La gente, cuando oye mi grito, tiene miedo de mí, no de mí exactamente, sino de lo que mi grito representa.

Mi grito soy yo.

Grito, luego existo.

La gente no sabe que existe por mi grito, pero sabe que existe el horror, la vergüenza, el miedo. Alguna gente tiene miedo de mi grito, pero todos tienen miedo del tiempo. En eso, el tiempo me gana.

Incluso yo tengo miedo del tiempo. Por eso cuento olas. Por eso las cuento.

Pero la gente tiene miedo del tiempo y de su paso, de sus huellas, de su huida. Aunque yo creo que más que miedo al tiempo, tienen miedo del vacío.

Sin tiempo, todo es vacío. Sin tiempo, todo es horror. Sin tiempo, todo es informe e incomprensible.

Por eso hay que hacer visible al tiempo, hacerlo visible como sea, de la forma que sea. Hacer visible el tiempo es como hacer visible un fantasma. Para hacer visible un fantasma, se le pone una sábana encima. Bajo la sábana no hay nada, pero la sábana define el fantasma. Un fantasma es un vacío delimitado por una sábana.

La vida es un vacío delimitado por el tiempo. Para conocer la existencia del tiempo, no se le pone una sábana encima. Para conocer su existencia no se le da una vela encendida para que vague por los bosques galaicos. Para conocer su existencia, no se hace todo eso, simplemente se llena el vacío con palabras, como si fueran una sábana. No se hace todo eso con una sábana, simplemente se llena el vacío de ritmos.

Por eso, yo afirmo que el ser humano de lo que más miedo tiene es de la existencia sin tiempo, del vacío que crea su ausencia. Por eso hay que vestirlo, de-finirlo, de-marcarlo, de-limitarlo, darle una forma a la que nos podamos agarrar como el náufrago se agarra a un madero que se encontró en su desgracia.

Por eso jugamos a decir palabras, a llenar el vacío con palabras, a ver el tiempo en esa línea de palabras, en esa secuencia de ritmos, algunos amables y suaves, otros trágicos.

Hay que bailar y bailar, como un amante platónico de las palabras, para marcar el tiempo, para poner en él la enseña con un hierro al rojo vivo, para hacerlo audible, visible, sensible.

Por eso llenamos el vacío con palabras. Por eso, evitamos la ausencia de todo, con palabras. Por eso, llenamos todo de esos objetos que, como una sábana blanca, nos delimitan el tiempo.

Yo no llenaba el vacío con palabras, lo llenaba con olas, lo quería llenar con olas que era lo que mi hermano más quería. Que eran lo que mi hermano más amaba.

Amar una ola es una forma de llenar el vacío similar a amar una palabra. Amar una ola es una forma de llenar el vacío similar a amar un cuerpo.

Mi hermano amaba las olas para llenar el vacío. Mi hermano pasó a amar los cuerpos para llenar el vacío.

Y yo, en mi patio de cemento, me preguntaba, ¿y con qué llena el semibeagle su miedo al vacío, a la ausencia, a la falta de tiempo? ¿Con qué lo llenaba mi madre? ¿Con qué lo llenaba mi padre? ¿Con qué lo llenaba la mujer del notario? ¿Con qué lo llenaba el notario? ¿Con qué lo llenaba la mujer de carnes y piel nacaradas? ¿Con qué lo llenaba Antoniño?

Ese lo llenaba con montones de faísca, de pinocha, de ajuma, cuidadosamente compuestos con su rastrillo, un rastrillo con un mango más largo que su cuerpo. Sus montones no los entendía nadie salvo yo. Mi padre pensaba, pero este cabrón, ¿qué montones hace? Mi madre no pensaba nada, porque para ella los montones eran invisibles.

Los montones de Antoniño eran propios de un jardín de roca japonés. Los montones de Antoniño eran fruto de un código morse natural y ecológico para el cielo gris de la tarde. Los montones de Antoniño eran una forma sutil de vestir el tiempo.

Solo yo sabía eso, solo yo lo comprendía y lo admiraba. Yo que llenaba el vacío con el recuento de las olas, yo que lo vestía con mi grito.

Los demás buscaban cuerpos, caras, caricias, sueños, palabras, pero yo solo gritaba y mi grito no contenía palabras, solo las negaba, mi grito era mi reacción al vacío sideral y terreno, al vacío absoluto.

Mi grito era un pequeño absoluto, al lado del vacío, comparado con él, ya que el vacío es un absoluto grande, enorme. Hay absolutos de distinto tamaño, aunque suene raro.

Si yo no hubiera sido falto, si yo no hubiera sido jorobado y contrahecho, si no hubiese sido idiota, quizá habría buscado llenar el vacío de la ausencia de tiempo con cuerpos, con caricias, incluso con palabras, pero yo no sabía hacerlo.

Ahora sí lo sé, y lo hago, y construyo líneas de palabras para definir el tiempo. Entre palabra y palabra, hay vacío. Entre los dos extremos de un metro, también.

Toda medida es una forma de intentar vestir el vacío, de crear tiempo. El tiempo y el espacio son creaciones de los temerosos del vacío.

Un buen monje budista no necesita ni tiempo ni espacio. Yo tampoco lo necesitaba, aunque no era un monje budista, aunque era solo un idiota que berreaba en el patio trasero de cemento de una familia de ciudad que vivía en un pueblo de veraneo.

La ciudad podía ser Madrid, París, Londres, Tokio, Nueva York, Ciudad del Cabo... El pueblo de veraneo podía ser Capbreton, Oyster Bay, Sanxenxo, Polperro, Palinuro, Jeffrey's Bay, Ine... Da igual, dan igual, los nombres son solo formas de crear tiempo.

Yo lo sé ahora, cuando escribo en esta habitación blanca, en las páginas blancas que me trae el hombre vestido de blanco. Lo hago para crear tiempo, para ponerles una sábana, para vestirlo, para intentar que deje de ser un fantasma. Lo hago y al hacerlo no grito, pero hago tiempo y vuelvo a cuando grito, a cuando me meto olas en el cerebro.

Eso es pasado, pero también es presente. Y las olas de mi cerebro que salen en forma de palabras que cuentan el pasado son también presente.

El tiempo es confuso, como la moral de un político, como la letra de un médico. Para entender el tiempo hay que saber mucho de la ropa de los fantasmas, hay que estudiar a sus sastres y comprender las transmutaciones debidas al temor al vacío, a la nada.

Los japoneses adoran el vacío, pero luego viven en casas enanas llenas de objetos, llenas de mierda. Los japoneses lo adoran, pero comprenden que al tiempo hay que vestirlo, como se viste a una novia el día de su boda, como se viste a un torero el día de su faena, como se viste a un muerto el día de su velatorio. Hay que vestirlo con pétalos de cerezo, con hojas rojas de arce, con programas de cháchara infinita, con la desolación de los callejones traseros, con imágenes porno estáticas y carentes de significado fácil.

Yo me pregunto de qué me vestirán el día de mi velatorio. ¿Vendrá alguien a mi velatorio? ¿Vendrá siquiera mi hermano?

Mi hermano está lejos, muy lejos, en un lugar en el que yo no estoy, viviendo otro tiempo en el que ya no estamos los dos.

Mi hermano huyó.

Pero antes de eso, el notario llegó por el paseo de tamarindos, con los rayos sobre su cabeza calva y lustrosa, mientras las olas tímidamente se deshacían en la arena. Yo, ni las contaba ya, de lo pequeñas que eran. Yo ni les hacía caso de lo minúsculas que eran. Eran olas, eso sí, pero pequeñas.

El tamaño es una cuestión de escala, pero a mi hermano las olas pequeñas no le producían una atracción grande. Le producían una atracción directamente proporcional a su tamaño. A mi hermano le atraían las olas grandes, enormes, esas que todo el mundo temía.

Por eso quizá yo no contaba las pequeñas.

Yo habría dejado de contar cualquier cosa con tal de que mi hermano estuviera ahí, viniera a verme, se sentara a mi lado mientras musitaba sus tribulaciones. Yo habría abrazado el vacío más total, sin ni siquiera intentar desgarrar el alma de los seres vivos con mi grito.

Cuando venía y me contaba historias, yo escuchaba en silencio, moviendo la cabeza de un lado a otro, como alguien serio que pondera lo que se le dice. Mi hermano me hablaba del hombre que se metía una piedra en la boca y caminaba por un camino de arena, a través de un bosque, junto a una playa.

Mi hermano me hablaba de otro hombre joven, que vivía en una torre vieja, que tenían un amigo gordo, que vestía una chaqueta de tweed deshilachada.

A mí me entraban ganas de reír al escuchar esas historias contadas por mi hermano. Al escucharlas, yo amaba a mi hermano, pero amaba también el mundo, el aire, el momento…

Casi, hasta amaba el suelo de cemento, el verdor de los pinos y su olor a resina, el gris del cielo. Amaba la gota de agua que el neboiro condensaba en mi nariz.

Para verla, tenía que forzar los ojos en una bizquera acusada y algo dolorosa incluso. Pero en aquella gota estaba el mundo. En aquella gota estaba yo y estaba todo.

Ese es el efecto que las historias que me contaba mi hermano tenían en mí.

Mi hermano no tenía con quien hablar sobre lo que leía y yo era su público, la pantalla en la que proyectaba sus anhelos. Ser una pantalla era para mí un orgullo.

Alguien ha dicho antes que los espejos reflejan infinitas cosas a la vez. Alguien ha dicho que los espejos son pantallas del infinito.

Yo digo que no existo. Yo digo que ni gritando existo. Yo afirmo que no solo yo, que nadie existe.

Nuestra existencia está definida por las palabras, por la comunicación. Pero cuando una persona se comunica con otra, en realidad no son dos personas las que se comunican entre sí, sino el sistema lingüístico que tiene una con el sistema lingüístico que tiene la otra, es decir, se comunican dos sistemas, y para que la comunicación sea mutuamente inteligible ese sistema debe ser el mismo.

Alguien podría decir que cada uno de esos dos sistemas permite una infinidad de combinaciones, de mensajes posibles, y que por tanto el individuo, la persona, se define por las elecciones que hace en ese sistema. Sin embargo, por muchas que sean las combinaciones, no son infinitas, son simplemente muchas, muchísimas.

Tantas como las olas que cuento. Tantas como las olas que meto en mi cerebro. Son muchas, sí, pero no infinitas. Porque todo tiene un fin. Todo tiene un punto en el que las combinaciones se acabaron. Todo tiene un momento en el que la maravilla de este universo combinatorio de olores, colores, sabores, tactos, imágenes, palabras, pensamientos, se acaba.

El infinito, en realidad, no existe. El infinito, en realidad, es la creación de un ser triste, pero optimista, inocentemente optimista. El infinito, en realidad, es lo mismo que el cero. Esto lo supo Bodidharma, lo supo David Foster Wallace, y poca gente más.

Es una forma de hablar, porque más lo han sabido. Pero esos más han sido muy pocos en comparación con los que no lo han hecho. Todo es una cuestión de proporción, de escala.

Mi hermano venía y, sin existir, sin individualidad que valiera, venía y me contaba las historias de esos hombres. Eran historias en las que no pasaba casi nada. O nada, diría alguno.

Un tío se mete en un cuarto forrado de corcho, se mete en la cama y solo escribe, y recuerda cosas que se inventa y que recuerda. Otro se va a una ciudad llena de canales de agua y, a su manera, se pone a gritar en una emisora de radio, y la gente le coge miedo y dicen que está loco, y se lo llevan en avión a un manicomio en otro país, que era suyo y que no lo era. Otro era un tío que se compra un burro, le dice a su sastre que le corte y cosa un saco para dormir, y deja detrás a su padre y a su madre y se va por los caminos, con el burro y el saco.

Esas, a mi hermano le encantaban. Le gustaban porque, aunque él no abrazaba el vacío sino que intuía en él su salvación. Le gustaban porque no tenía un grito al que aferrarse. Ese es el gran problema, nacer sin grito.

El grito es una mierda y asusta a todo el mundo, pero da estabilidad. La estabilidad del grito viene de su inutilidad aparente, de su incomprensibilidad específica, del horror que le rodea. La gente grita cuando tiene miedo. La gente grita cuando algo le duele.

Yo grito cuando me sale de los huevos.

Eso desconcierta a las almas más adaptativas al medio. Eso hace que los seres bien adaptados a su medio entren en estado de alerta. Porque hay algo, piensan, que puede romper su estabilidad, su sólida adaptación al medio.

Mi hermano me dijo un día algo que mi padre le había dicho en un viaje. Me dijo, papá conducía y yo iba a su lado, por una de esas carreteras retorcidas de Galicia que ya no existen, que estaban rodeadas de una fila de casas de piedra a cada lado, en las que vivían otros faltos e idiotas, viejos a los que el tiempo los había depositado allí, como tú, que solo vestían de negro, en esas casas de granito gris que son ahora solo ruina y recuerdo, y papá vio a un vagabundo que iba por la carretera con la piel marrón como el betún, con una chaqueta negra andrajosa, una camisa blanca sin cuello andrajosa, unos pantalones grises andrajosos y atados con una cuerda, un sombrero roto y agujereado, un palo, y en el palo un hatillo, e iba sin calcetines, asomando los huesudos tobillos entre los pantalones demasiado cortos e irregulares y los zapatos que no eran negros ni marrones, demasiado grandes para sus pies, abiertos, descosidos, agujereados, y papá lo miró, y cuando lo pasamos dijo "Ese sí que es libre…" Y esas historias se pasan de padre a hijo, de hermano a hermano, y son nodos de sentido en el vacío y en la nada.

Mi hermano me contaba historias como esa, protagonizadas por mi padre, o sacadas de libros, y todas las historias, aunque no lo dijeran, decían lo mismo "Ese sí que es libre…"

Sí, eran historias de la nada, del vacío, de lo que no existe, y precisamente por eso todas decían lo mismo, lo declaraban en silencio, de forma oblicua y ni siquiera intencionada.

Así era. Así era. Así era.

Así fue como todo empezó a romperse. Hasta ese momento, el roto era yo. Hasta ese momento, todo estaba entero, íntegro, y solo yo estaba roto.

Pero el notario llegó por el paseo de tamarindos, junto a la playa, con su brillante calva, emitiendo esos rayos excesivos y orientales, y yo no lo vi, y mi hermano no lo vio, y su mujer tampoco.

Esa no lo vio porque miraba hacia abajo, mientras gemía. Mi hermano no lo vio, porque tenía los ojos cerrados mientras se imaginaba la mujer de carne y piel nacaradas.

A veces, se hacen cosas con personas mientras se piensa en otras. O quizá siempre se piensa en otras personas mientras se hacen cosas con otras. Ese hacer y pensar disociado es entrañablemente humano. Ese ser disociado es entrañablemente doloroso.

Yo no lo vi porque mi patio da al bosque, al interior, y desde él no se ve el paseo de tamarindos, solo puedo imaginarlo. Y lo imaginé en cierta manera, mas aunque me imaginara al notario llegando, pensaba que mi hermano era inmortal, que nada podía ocurrirle, que lo único contingente era mi oscura cabeza hirsuta, mis retorcidas extremidades.

La inmortalidad es una cualidad en la que solo los idiotas creemos de verdad. Pero la adjudicamos siempre a otros, no a nosotros mismos.

El notario llegó y abrió la puerta de la habitación justo cuando su mujer gimió. Luego derribó a los dos de un empellón notarial. Luego dio una patada a mi hermano, pero su zapato en punta golpeó una mesa cuya pata se rompió haciendo que cayera al suelo, la mesa y lo que en ella había.

Mi hermano salió corriendo, y la mujer del notario recogió su ropa interior fucsia y se metió en su cuarto, que era también el del notario. La ropa interior quizá era morada, se me olvidó decirlo.

Yo oí llegar a mi hermano corriendo, trotando, saltando, jadeando, y lo vi llegar desnudo, con su propia ropa en las manos. Al verlo, me pregunté dónde estaría el beagle de ojos francos y casi amarillos, del color de la mostaza. Sus ojos recordaban la mostaza y el ámbar. Lo digo por si a alguien le ayuda a comprender un color que en realidad es una palabra.

Luego, recordé que no era un beagle, sino un semibeagle. Luego lo recordé bien, todo bien, como solo un idiota que cuenta olas es capaz de recordarlo.

Recordé a mi hermano andando por el bosque como un héroe romántico. Lo recordé vagando, vestido de oscuro, como un romántico solitario y quizá enamorado, quizá no. Lo recordé mientras vi cómo el notario venía al día siguiente a nuestra casa. Lo recordé mientras oía el silencio de mi padre mientras el notario hablaba, el de mi madre mientras el notario gritaba, el de mi hermano mientras preparaba su huida.

Su huida fue un producto de un relato.

El notario había visto a su mujer apoyada contra el ventanal, debajo de mi hermano, y como era notario decidió dar fe de ello. Para dar fe de algo, primero hay que reconocerlo. El notario podía haber pensado que mi hermano estaba espulgando a su mujer. Podía haber pensado que mi hermano estaba generosamente protegiéndola del ataque de algún violento que entrara de repente, generosamente cubriendo su espalda. O podía haber pensado que estaba reconociendo su espalda, por si ella tenía escoliosis y no lo sabía.

Todas esas cosas quizá las habría pensado mi padre si él hubiera sido espectador pasivo de la escena, a pesar de su calva bajo su pelo encanecido.

Sin embargo, el notario pensó que mi hermano se la estaba hincando muy adentro. Y al interpretarlo así, al verlo así, al sentirlo así, abrió la puerta a la ofensa, a la venganza y al castigo. El notario era obviamente un hombre de ley.

Mi padre, sin embargo, era un hombre de límites y asíntotas. Por tanto, aunque el notario podría haberlo visto de otras mil maneras, lo vio así.

El notario no contaba olas. El notario contaba palabras secas. El notario contaba billetes. El notario contaba los rayos que emitía su calva por el paseo, su número y su longitud. Pero nunca había pensado que iba a contar los cuernos de su propia cornamenta. Por alguna razón, le dio igual contarlos.

Mi padre nunca los hubiera contado, no habría dado ni un segundo de su pensamiento a su propia cornamenta. Mi padre se habría parapetado tras su periódico, o habría estudiado unas palabras de árabe, o habría dibujado la silueta de uno de los barcos que entraban por la ría hacia Marín, o habría iniciado la redacción de una carta al director. Pero nunca, nunca, habría dado un segundo de su vida a la observación de su cornamenta.

La observación de la cornamenta propia, se sea hombre o se sea mujer, es un espectáculo que solo lleva al dolor propio, y después al dolor ajeno. Lo mejor en la propia cornamenta es colgar los sombreros y las gorras que uno o una tenga. Lo mejor es darle una utilidad moderna, algo bohemia incluso.

Pero eso el notario no lo sabía.

El notario había aprendido de memoria muchos temas y los recitaba como quien recita olas. Pero los temas eran limitados, trescientos cuatro, y cuando paró su padre le dijo ¡Oh, gran hijo mío, ahora serás notario! Pero, como eran limitados los temas, se acabaron, y sus maestros le dijeron ¡Oh, gran futuro calvo, ahora eres notario!

El notario se sintió tan orgulloso al oírlo que extraños rayos de color dorado, rosa y aguamarina empezaron a surgir de su cabeza.

Mi padre no, mi padre no era notario, y lo único que se aprendió de memoria en su vida fue el número de teléfono de mi madre cuando se la presentaron. Para mi madre, eso fue una inequívoca muestra de amor, nadie se había aprendido nada de memoria relacionado con ella antes.

Sin embargo, ese mérito pronto se demostró inútil: una vez consumada la boda, ¿de qué servía que quien vivía con ella se supiera su teléfono de memoria? Lo excitante era que alguien que no vivía con ella se supiera su teléfono de memoria, eso sí que tenía mérito. De ahí Chispitas, de la excitación y la utilidad de la memoria.

Mi padre, al ver al notario, levantó el periódico unas pulgadas más sobre su frente. Mi madre, al verlo, pensó A lo mejor este puede aprenderse mi teléfono también.

Nunca es tarde.

Nunca es tarde.

Mi hermano pensó que había llegado el momento de irse. Y la luna brilló esa noche. Y describió una escalera de plata en el mar hacia el sudeste. Una calzada mercurial que llevaba a alguna parte.

Mi hermano caminó esa calzada con alivio, con premura, con convencimiento. Por una vez en su vida, sintió que estaba haciendo algo coherente, algo que tenía algo que ver con esos hombres sobre los que me contaba historias.

Uno, me dijo, se metió en un cuarto después de que su madre muriera. Y allí escribió sobre sus recuerdos. Sus recuerdos eran cosas de su verano, de sus conocidos, de su vida de niño. Recordaba cosas de su infancia cuando se comía un bollo. Recordaba cosas de su infancia cuando pisaba dos losas de piedra desiguales.

Yo recordaba cosas cuando los churretes de la papilla me caían por las comisuras de la boca, y luego por el pecho. Yo recordaba cosas cuando las uñas me sangraban de rozarlas con el cemento del suelo. Esas cosas eran desencadenantes de mi memoria.

Sin embargo, intentaba hacer un agujero en el cemento para ver si estaban allí mis recuerdos. Pero mis recuerdos no estaban allí, allí solo había más cemento. Los recuerdos que me venían cuando las uñas me sangraban eran nulos. Los que me asaltaban cuando la papilla me caía por el cuello y el pecho eran recuerdos ácidos.

Un día, la mujer de Antoniño, Monchita, me dio un puré de zanahorias. Ese puré lo recuerdo bien. Era ácido y dulce a la vez, y tenía una consistencia ideal para retenerlo en la boca una buena media hora. Aún lo recuerdo.

Recordamos la comida como si fuéramos perros. Como si fuéramos animales para los que cada comida es una fiesta. De hecho, cada comida es una fiesta. Eso lo olvidamos a menudo porque pensamos que la comida es un hecho normal, cotidiano, casi obligado por ley paterna y materna, divina o simplemente civil. Pero comer es una fiesta, pensemos lo que pensemos. Pero beber es una fiesta, pensemos lo que pensemos.

No sé por qué digo esto, si en realidad quiero decir que mi hermano se fue.

La partida de mi hermano fue el hecho más triste que había vivido nunca. Ahora que me doy cuenta, todo ocurrió en verano. Todo ocurrió al final del verano. Todo pasó cuando los veraneantes se habían ido, y quedaban los locales, el notario, su mujer, mi madre, mi padre, mi hermano, el beagle o lo que fuera, la mujer belga casada con un pescador gallego de piel y carnes nacaradas (ella, no el pescador), Antoniño y su boina, y su rastrillo, y sus enigmáticos montones, Monchita, la faísca (o ajuma, o pinocha), el viento, los pinos, las torcaces y los cuervos, y un pájaro carpintero que sonaba, toc, toc, toc, toc…, casi como mis olas.

Las hijas del notario, May y Yolanda, estaban en Salinas. Yo no estaba en Salinas. Yo estaba también aquí, con mi miraba ladeada y esquiva, mis andares similares a los de Quasimodo por el patio de cemento, mi rascar el cemento hasta hacerme sangre, mi joroba, y el olor a tierra mojada del final del verano.

Y también las olas estaban. Y también mi grito.

Las olas entraban en mi cerebro una a una. El hombre de blanco me dice hoy que las olas me salvaron. Y yo pienso, ¿me salvaron de qué?

Porque yo siento, en silencio, sentado en mi silla en la habitación blanca, que a mí no me salvó nada. Pienso que yo llevo la condena en mis bolsillos como mi hermano llevaba la espuma de las olas que observaba sentado sobre la arena, con el temor estomacal que produce querer montarlas, correrlas, domarlas y tener que atreverse a ello.

Mi hermano, no sé qué observará ahora. En mi situación, yo sé que observó la cara refulgente del notario. También el cuerpo de la mujer del notario tirado en el suelo. La puerta abierta de la casa. Su ropa hecha un gurruño.

Yo siempre he dicho buruño, pero alguien invisible me lo corrige ahora. Ahora, seres invisibles nos corrigen todo. No sé qué es mejor, si ser ente invisible que corrige todo o ser ente visible que es corregido. Supongo que en mi situación solo puedo ser lo segundo.

Quizá mi hermano sea ahora corrector invisible, pero lo dudo. Tampoco creo que sea corregido por nadie.

El notario vino a la casa de mis padres como una bombilla encendida, como una cerilla cuando prende. De su cabeza salían ahora rayos irregulares, súbitos, repentinos, todo lo contrario de los rayos esplendentes que salían cuando mi hermano, con las manos apoyadas en la espalda de su mujer, que a la vez tenía las suyas apoyadas en el ventanal, lo veía venir a la casa caminando por el paseo de tamarindos.

Ese era el momento para mi hermano de acelerar la cosa. Ese era el momento para mi hermano de terminar, coger la ropa y salir corriendo por la puerta de atrás hacia el pinar, hacia mi patio.

Yo amaba ese momento, y lo vivía con la excitación de quien es corregido, del idiota que me tocó ser. Y no gritaba, gruñía algo que era mi sonrisa, mi risa, mi signo de alegría.

Mi hermano, ese día en el que el notario emitió rayos irregulares, vino corriendo, aún desnudo, hasta mi patio. Me miró y me dio un abrazo virtual. Me miró y me dio un beso virtual. Luego cogió las cosas y entró corriendo en la casa. Luego salió con otras cosas, ya vestido y se perdió por el pinar, camino de su casa ocupada en la que le esperaba la mirada de miel y mostaza de un perro casi beagle.

Y al verlo perderse entre los pinos atlánticos, pinos negros que se mecían como si estuvieran haciendo la ola a un califa, a un rajá, al verlo desaparecer, comprendí que nunca más lo iba a volver a ver.

Y aullé como un lobo que ha perdido a su manada.

VIII

Un fantasma japonés

El notario vino a hablar con mis padres a las pocas horas.

A las pocas horas, el notario vino a hablar con mis padres.

Mi padre se parapetó tras su diario abierto, que parecía más grande que nunca. Mi madre se parapetó tras mi padre, e invocaba a Chispitas, que no estaba allí.

Yo estaba en el patio, dando vueltas como el tigre del zoo de Berlín da vueltas en su jaula. Yo me habría cambiado por el tigre de Berlín si hubiera podido. Cuando sentí que el notario estaba de camino, comencé a gritar con todas mis fuerzas. Esperaba, de alguna manera, que mi grito lo echara para atrás, que hiciera que se marchara, que no viniera.

Pero mi grito no sirvió de nada, quizá el notario estaba ya acostumbrado a él. Cuando uno se acostumbra a un ruido, que bien puede ser mi grito, uno deja de asustarse por ese ruido.

No sé si mi grito es ruido o sonido, a mí me parece muy armónico, con formantes definidos. Me imagino que a poca gente le importa qué es. A la gente le preocupa lo que percibe más que lo que son las cosas.

El notario vino por el pinar, resbalando, como alguien que tiene mucha prisa en llegar para decir algo. Sus rayos no salían esta vez de su cabeza como rayos concéntricos, sino que describían formas quebradas, asimétricas. Alguien podría haber dicho que sus rayos parecían una cornamenta.

Quizá el notario había venido de esa guisa por el pinar para decírnoslo, para comunicarnos que, en vez de rayos multicolores y concéntricos, de su cabeza salían ahora otros con forma de corno de venado. Quizá venía a decírselo a mis padres, a que mis padres se apiadaran de él y lo amaran un poquito. Quizá venía a congraciarse al poner ante sus ojos su terrible desdicha.

El causante de esa desdicha era mi hermano, pero también era su mujer, y los pinos, y los cuervos, y los rayos que habían salido hasta ese día de su cabeza, y las olas... Las olas son siempre culpables de algo, por su tesón, por su fuerza, por su carácter rebelde e independiente, por el tupe blanco de su espuma al romper.

Yo me comía las olas, pero el notario poco más podía hacer que mostrarnos su desdicha, ponerla sobre el mantel de la mesa. Si hubiera podido comer olas, quizá habría tragado unas cuantas. Pero no, no podía más que venir a mostrarnos su desdicha.

Mi padre, aunque yo lo afirmara en algún momento, no era calvo. Mi padre, aunque yo lo dijera en algún momento no gritaba nunca. Por eso digo que mi padre tenía su pelambrera blanca sobre una calva, porque lo hago más comprensible, creo.

Había, dicen las crónicas, gritado una vez, pero mi madre había gritado mucho más fuerte, y no solo eso, sino que a ese volumen entre grave y agudo le había soltado una retahíla de palabras malsonantes que dejaron a mi padre K.O. Así que decidió no volver a gritar nunca más, algo sabio teniendo en cuenta a quien tenía delante.

Mi padre era dulce como un peluche barato o no muy caro. Mi padre era suave como un papel de wáter caro. Mi padre era juicioso como alguien que ni tiene ni le interesa nada material en este mundo.

Cómo mi madre, que era un portento de energía, se había casado con ese hombre tenue como una brisa era un misterio de difícil asimilación e intento de respuesta.

El notario era moreno, calvo y de perfil afilado. Era notario, pero podría haber sido torero de alguna región del sur. Era notario, pero podría haber sido picador de una plaza de toros con amplia tradición. En vez de eso, era notario en el reino de los pulpos, de la humedad, del olor a pescado crudo, de los grelos… En vez de eso, estampaba su firma en veneras y pergaminos. En vez de eso, daba fe de sus propios cuernos, de su propio tormento.

En El Graduado, el señor Robinson ni aparece. El notario sí apareció. El notario nunca desapareció. El notario era padre de May y Yolanda, pero May y Yolanda vivían en Salinas, en un lugar remoto y casi imaginario.

Además, si hubieran vivido donde nosotros vivíamos, en la orilla norte del grito, es posible que May y Yolanda, que se abría, la primera, como una piña para dar piñones, y que se mecía, la segunda, como un sauce llorón al lado de un estanque mientras sonaba una flauta china, que ni una se hubiera abierto ni la otra se hubiera mecido.

El estar en Salinas, en un internado, con otro viento, otro mar y otras olas las sacaba de la ecuación y las convertía en variables despejadas. La que no se despejó fue su madre, la mujer del notario.

Y mi hermano, soñador, descontento, iluso y buscador de olas, amante de la matemática carnal, decidió dedicarse a esa variable. Influyó su llanto sobre el tocón de pino aquella tarde, pero eso es ahora remoto.

Ahora mi hermano se había ido, y yo sabía que no volvería. Ahora mi hermano estaba en otro internado, el que se llama Nevermore, Nunca ya más. Mi hermano me había leído un día un poema sobre un cuervo, y yo me había reído, con mis gruñidos, con mis torpes ademanes.

Yo veía los cuervos a menudo, a menudo venían a visitarme, a mi patio de cemento, el patio de cemento de un idiota que solo grita y al que todo el mundo teme. En invierno, realmente antes, en otoño ya, me sacaban de mi patio y metían en un cuarto trasero, que daba a un muro de cemento, que sujetaba el terreno en pendiente. Yo lo odiaba, pero lo aceptaba porque seguía contando olas, porque seguía metiéndome el mar en el cerebro poco a poco.

Pero tras la visita del notario, después de que diera fe de sus cuernos, ya no me las metía. La ausencia de mi hermano hizo que el interés en las olas por mi parte decayera. Era como si metérmelas en el cerebro no surtiera el mismo efecto. Era como si ya nadie las fuera a surfear en mi cerebro.

Así fue como perdí yo la gracia del mar.

Cada uno la pierde a su manera, pero casi siempre son formas discretas, poco llamativas para los demás. Entonces fue cuando se me encendió la chispa del orden, del relato, de lo racional. Y entonces fue cuando comprendí que solo podía matar a mi madre.

Es duro decirlo, pero es así. Es duro solo pensarlo, pero así fue.

La salida de mi grito, el abandono del mar y de mi hermano me llevó a una extraña racionalidad en la que solo había una acción posible, en la que cualquier otra acción era irrelevante, daba igual. Mi hermano se había ido, y yo sabía que nunca iba a volver, y daba igual.

Mi padre no tenía opinión al respecto, las cosas fluían sobre él como el agua de un río fluye sobre la tierra, y sabía que la desaparición de mi madre era la suya también, aunque legalmente, nominalmente, biológicamente, siguiera existiendo. Ni la ley, ni la semiótica, ni la biología eran campos que pudieran afectar a mi padre, él no era semiótico y era levemente legal o biológico. Era lo poco que podía ser.

La decisión sobre mi madre la tomé por su dolor. Es extraño, pero así fue. La tomé porque me hablaba de Chispitas, de su amor prohibido por otro hombre, de su rendición ante rayos similares a los que emitía el notario.

Yo siempre odié al notario porque pensaba que era Chispitas. Pero Chispitas no era el notario, era otro hombre. Era un hombre perfecto, ideal, fuerte, rico, poderoso, educado, atento, no cagaba ni escupía, era un cesto de regalos que mi madre había creado poco a poco.

Si existió realmente o no, nunca lo sabré. Pero es que, si existió realmente o no lo hizo, da exactamente igual, totalmente igual. Para mi madre, existía y punto.

A veces, lo que no existe es más importante que lo que existe. De hecho, muchas veces lo que no existe es más importante que lo que existe. Porque lo que existe está ahí, eso es obvio. Pero lo que no existe hay que definirlo, cuidarlo, razonarlo, argumentarlo, quererlo u odiarlo, inculcarlo en otros, defenderlo.

El sol existe y está ahí. Pero lo que es el sol hay que definirlo, cuidarlo, razonarlo, argumentarlo, quererlo u odiarlo, defenderlo e inculcarlo en otros. Por ello, el sol existe y no existe, pero su no existencia es más importante que su existencia, que es una obviedad.

Mi hermano existía, pero luego dejó de hacerlo, y yo intenté por todos los medios que existiera hasta que me di cuenta de que el hermano que existía tras su desaparición no era el hermano que existía antes. En ese momento, abandoné a mi hermano y dejé de contar olas. En ese momento, decidí que debía acabar con la existencia de mi madre, ya que después no iba a intentar que siguiera existiendo, ya que iba a suponer un gran final, unos fuegos de artificio que marcarían algo. Iba a decir que marcarían algo para mí, pero eso es demasiado egoísta, lo marcaría para todos.

La desaparición de mi hermano me marcó. Yo no esperaba que nada cambiara sustancialmente, pero cambió, la inconsciencia sexual de mi hermano lo cambió.

El sexo es un motor de cambio.

Por eso yo la restregaba contra el muro de cemento, porque sentía que el sexo cambiaría algo, pero yo no querría que así fuera. Yo quería seguir en mi patio, bajo la lluvia, contando olas, gritando mi grito horroroso que infunde el miedo en las almas no precavidas. Pero no pude hacerlo, la primera noche que me metieron en mi cuarto salí yo de él.

Esa primera noche fui al dormitorio de mi madre.

Mi madre y mi padre no dormían juntos, mi madre dormía en el dormitorio conyugal y mi padre dormía en un pequeño cuarto trastero, bajo la escalera.

En ese pequeño cuarto olía a humedad. En ese cuartillo había un catre, y escobas, y cubos, y detergentes, y delantales, y una bombilla que colgaba del techo. Mi padre dormía allí, al principio por fuerza, luego voluntariamente.

Mi padre dejaba a las 8 de la tarde su periódico protector, se ponía su faja para dormir, agarraba su transistor de onda corta para escuchar emisoras chinas, rusas y albanesas, y penetraba en el mundo de las sombras que existían en aquel minúsculo cuartucho.

Mi padre nunca se metió una piedra en la boca, pero sí tuvo una chaqueta de tweed con los bordes de las mangas deshilachados. La piedra en la boca no era realmente su estilo. El estilo de mi padre era más dar una vuelta por un lugar solitario con dos peces en el bolsillo. O incluso uno en la boca.

Mi hermano se llenaba los bolsillos con espuma, yo el cerebro con olas, y mi padre se los llenaba con peces lustrosos como sardinas de verano.

Mi madre se los llenaba de insatisfacción amarga y dolorosa. Su insatisfacción era para mí tan incomprensible como la satisfacción de mi padre.

Mi hermano combinaba las tendencias de ambos y quizá por eso no pudo vivir más donde vivía.

Quizá por eso yo hice lo que hice.

Subí la escalera.

Empujé la puerta.

Miré y vi.

El perro no ladró.

El perro me miró y movió el rabo.

Y luego yo hice eso que hice.

Luego bajó la escalera y me fui a mi cuarto, gruñendo agitadamente.

Yo era un animal, que es lo que era.

Yo era un poseído, que es lo que era.

Entonces lo vi, un fantasma deslizándose por el pasillo, como si no tuviera piernas. De la cabeza le salía un humo ligero, como si dentro de su cerebro tuviera rescoldos. Mantenía la cabeza erguida, siempre mirando al frente. Pasó a mi lado y a través de mí.

Cuando me atravesó no sentí nada.

Era un fantasma, pero también era una nube. Quizá era una nube de mi cerebro. Quizá era una condensación de humedad de mi sistema montañoso.

Luego empezó a cantar "sorou".

Yo me di cuenta de que estaba delante de un fantasma y de que yo mismo había provocado su aparición. No se parecía a mi hermano, se parecía más a mí. Pero como cantaba y no gritaba, deduje que no era yo, sino un subproducto mío creado por la intensa tensión de tener que matar a mi madre.

Mi padre seguía en su cuartucho, en su catre, con su radio de onda corta, escuchando una lección de árabe de una emisora rusa.

Pensé en usar la piedra también con mi padre, pero ¿para qué? Mi padre ya estaba muerto.

Mi hermano seguía rumbo a su nuevo destino, en su barca de piedra.

Cuando mi hermano y yo éramos pequeños, mis padres nos llevaron a Catoira, a ver la barca de piedra de Santiago. Al verla, mi hermano me dijo: esta la rompes tú con tu cabeza. Esta la rompes tú de un cabezazo. Y yo me empecé a reír y a dar cabezazos a la roda pétrea. Luego, seguí riéndome y le di más cabezazos a la amura de babor, también de piedra. Y empecé a sangrar, mientras me reía a carcajadas.

Mi padre nos tuvo que sacar de allí, porque la gente comenzaba a estar nerviosa. Alguno, quizá pensaba que estaba asistiendo a un milagro. Yo vi al fantasma esa noche, pero supe que no era un milagro, sino que había surgido de mi cerebro.

Mi cerebro estaba lleno de mar, de olas, de espuma, de maruxía, por eso era capaz de crear cosas un poco raras, suponiendo que un fantasma al estilo japonés, un fantasma de obra de teatro noh, sea algo raro o extraño. Para mí, fue de lo más normal.

Nada más verlo, supe que tenía que conjurarlo. Sabía que un grito no bastaría. El fantasma me decía con sus pasos leves y sus sonidos guturales que yo debía salir del bosque, del patio de cemento, de la casa en la ladera, hacia la playa, y volar hacia la habitación blanca.

Una de esas noches, yo había soñado con la habitación blanca. En la habitación blanca, yo podía estar sentado, podía no gritar, podía mover la cabeza de un lado a otro como quien ya conoce al menos parcialmente su destino y lo acepta.

El fantasma pasó a mi lado, caminando, marcándome el camino silencioso a la habitación blanca. Yo había sido un animal, un bruto, y había puesto una almohada sobre su cabeza, porque quería ahogar el momento, ahogar mi vida, ahogar el mundo.

Por eso lo hice, mientras mi padre en su cubículo que un japonés joven habría usado como casa, como piso, como residencia, escuchaba una lección de árabe en una emisora rusa. Por eso subí y bajé, yo solo, como un ángel que fue ángel, en busca de la habitación blanca, que de alguna forma me tenía que venir. Y con las manos cubiertas de sangre blanca, de sangre del deseo, bajé las escaleras corriendo, salí a la carretera, y, gruñendo como un animal, paré un coche.

Al pararlo, el coche me atropelló, y digamos que mi cabeza rompió el cristal. El cristal, en realidad un parabrisas, no era de piedra, pero al menos lo rompí. Si hubiera sido de piedra, quizá yo me habría roto, roto del todo. Quizá, si el apóstol Santiago hubiera venido a Catoira en un coche de piedra en vez de en una barca de piedra, habría ocurrido eso, se habría solucionado todo.

Porque quizá, con mi cabezazo, yo intentaba equilibrar el asunto, imponer cierto equilibrio al mundo. Pero no lo logré, en vez de eso hice que la conductora saliera gritando a su vez, con gritos histéricos de alguien que claramente no sabe qué hacer. Mis gritos son mucho mejores, pensé mientras me desmayaba. Sabía que nadie iba a ver la sangre blanca de mis manos.

IX

La habitación gris

Pero alguien la vio, y no porque se convirtiera en roja. Alguien la vio, porque me metieron entonces en la habitación gris.

A la habitación gris no llegué en barca de piedra. A la habitación gris no llegué en avión. Llegué cayendo, descendiendo, en plena catábasis, sumiéndome en un infierno del que quería rescatar a mi hermano, a mi madre, a mi padre, a la mujer del notario, al perro que yo creía beagle pero que era un semibeagle, a la mujer belga de carnes y piel nacaradas que llegaba a la casa ocupada por mi hermano con los bolsillos llenos de sardinas frescas, a Antoniño, el hacedor de montones enigmáticos de faísca, o ajuma, o pinocha, a su mujer bizca, Monchita, como una niña japonesa siempre vestida de negro que en su camino al colegio con dos coletas como dos toberas de sendos motores de reacción volaba como una niña vieja aérea, a Chispitas y su misteriosa naturaleza, al notario de los rayos multicolores que irradiaban de su cabeza, pero sobre todo a mi hermano, a su espalda que era como una vela al viento, a su melancólica figura, a sus palabras amables y a veces duras, a su promesa de un futuro humano, el único que me lo daba, el único que con su ser me lo prometía, el único que no me pedía nada por ello, el único que vivía en mis gritos y en mis gruñidos y se deslizaba por las colinas de mi joroba entre gritos de entusiasmo y alegría.

Pero caí en la almohada, y se la posé en la cara, y como mis dedos estaban llenos de sangre por haberlos rozado contra el cemento de mi patio, la almohada se llenó de sangre y su cara se llenó de sangre, pero no era suya sino mía, mía, mía, y allí dijo adiós a Chispitas, al periódico de mi padre, a su transistor de onda corta, a su faja, a su pijama con agujeros, a sus zapatillas de suela de goma deformadas y llenas de bolitas para andar por casa, a la ausencia de mi hermano.

La infelicidad de mi madre nos había podido. La insatisfacción de mi madre nos había derrotado. La había construido tan bien, con tanta calma, con tanto tiempo y dedicación, siguiendo unas misteriosas instrucciones con tanto denuedo que no había nada que hacer, la derrota era simplemente inevitable.

Mi hermano era un triunfador local, un héroe de las masas de pensamientos que se me arremolinaban en el cerebro, flotando sobre las olas, haciendo surf con ellas, pero los triunfadores llegan, desempeñan, recogen los aplausos, y luego desaparecen. En realidad, la triunfadora era mi madre.

Hace años, mi hermano me había hablado de otro hermano que había desaparecido en Región. Hace años, mi hermano me habló de otro hermano que había desaparecido en Valencia, hermano de un señor con gafas que paseaba por Madrid, trabajaba en una taona, se emborrachaba suavemente en los bares y escribía por las tardes en un cuarto oscuro en Madrid.

Recuerdo lo del cuarto oscuro. Lo recuerdo porque me sentí identificado con ese hombre cuyo hermano había muerto en Valencia y que ahora vivía una vida extraña, inesperada para alguien que espera lo que los padres quieren, lo que la sociedad anterior dice. Para alguien que es médico pero prefiere ser panadero nocturno.

La sociedad de ahora es siempre un caos. La sociedad antigua, anterior, siempre fue ordenada, porque así la vemos, la recreamos, en cierta manera la queremos. Pero el caos acecha y acechó siempre, el sinsentido, el mar salado y sus corrientes y sus olas.

Por eso yo me lo metía y me las metía dentro, en mi cerebro, para librar a los de más de ese magma indeterminado y amorfo, de ese caos cuya única visión es el horror. Yo libaba horror para que los demás no lo tuvieran. Pero fue inútil. Pero no sirvió de nada.

Ahora repito menos porque mi estilo va evolucionando con mi viaje a la lucidez, con mi horrible caída en la lucidez. ¿Saldré de ella?

Tras la catábasis, ¿tendré una anábasis que me ascienda de nuevo a la santidad del loco, a la pureza del idiota?

Cuando mi madre se quedó quieta y tranquila, como una paloma entre las manos, yo salí al patio, y me restregué las pezuñas contra el suelo, mientras gritaba sin parar, gritaba como un poseído, porque sabía con exactitud que solo me quedaba el grito.

Escuché el ruido del motor del coche del notario, un R-16 de color blanco ligeramente crema. Muchos días, cuando veía su coche me entraban ganas de chuparlo, de tragármelo. El de mi padre no, pero ese sí.

Se quiere chupar cosas de otros, de uno no tanto. Las cosas eran así terribles, pero propias de un paraíso. El paraíso acecha, el paraíso acecha siempre.

El grito era una flor del paraíso. El gruñido era otra flor del paraíso. El dolor era otra flor del paraíso. Mi hermano era otra flor del paraíso. Mi patio de cemento era la escena del paraíso. Las historias que mi hermano me contaba eran canciones del paraíso. Antoniño era un animal puro del paraíso. Monchita era otro animal también puro del paraíso. Los montones de faísca eran escenarios puros del paraíso. Mi hermano era un ángel del paraíso. Un ángel con alas de tarde y sueño.

Todo lo que me rodeaba eran imágenes, sensaciones, expresiones del paraíso. Y yo elegí la caída.

Yo era un idiota aparentemente caído, pero en realidad era también un ángel que volaba por el paraíso. Y no lo sabía.

Mi relación con la palabra era nula entonces. Tras mi caída, mi relación con la palabra es absoluta. Tan absoluta, que no creo que haya nadie que la pueda leer, mi palabra. Mi palabra es en sí una, única, y no deja espacio para otra existencia. Esto es raro, pero es así.

La gente piensa que las palabras de los demás son un apoyo, una decoración, algo que convive, pero mis palabras no conviven, viven y son absolutas. Porque son el reflejo de algo que es, no de algo que quiere ser. Por eso fluyen como un río, como un regato, como un arroyo, como fluido que buscan dónde reposar, siempre en caída. No saben dónde van a caer, cuál es ese lugar, pero lo buscan sin saberlo.

Yo lloraba por ser parte del paraíso, de su inmenso dolor, de su resplandeciente misterio, de su placer abrumador. Yo era gotas. Yo era agua. Yo era agua que busca el lugar donde caer sin saber cuál es ese lugar.

Alguien puede decir que el agua cae por la gravedad. Alguien puede decir que en su caída por la gravedad, el agua busca su camino en el terreno que le ha tocado.

Así mis palabras caen por la gravedad. Así mis palabras buscan su camino condicionadas por las características del terreno que les ha tocado. Algunas se remansan en valles profundos. Otras forman lagunas superficiales, de escasa profundidad que se acaban evaporando.

La evaporación de mis palabras produce fresco, produce una ligera humedad que se incorpora a la atmósfera. En la atmósfera vivimos, somos, nos movemos. Así mis palabras son parte del medio en el que se mueven todos, y todas, y en el que hasta los seres más remotos existen.

Mi padre no era calvo, como quise dar a entender en algún momento. Mi padre no se enfadaba nunca, como mentí. Yo solo vi a mi padre enfadado dos veces, lo que fue suficiente para comprender que enfadarse es altamente costoso. Por eso, yo ya no me enfado con nadie ni con nada.

En algún momento, no me enfadaba con nadie ni con nada, pero sí conmigo mismo. El enfado conmigo mismo era un torbellino con forma de remolino conceptual y psíquico. Era un remolino creado por mi mente en el que me hundía como un barco abocado a su naufragio.

Ahora ya no me enfado conmigo mismo. Acepto mis manos ensangrentadas, mis manos pintadas con la pintura invisible de la muerte. Las acepto y todo lo demás, de repente, de golpe, se para y queda como es, como un decorado seco.

Está seco porque no tiene agua ni tiene lágrimas. Está seco porque ya no es confusión, es lo que es. Mi padre era manso como una oveja, como un cordero. Mi madre era una cabra montesa empeñada en subir por las paredes.

Mi hermano era un felino.

Yo era un idiota.

Unos hombres me llevaron al cuarto gris. El cuarto gris me recordaba levemente a mi patio. Yo daba vueltas en él, pero no gritaba, solo gruñía y gemía.

Mis gruñidos, sordos, mis gemidos, breves, eran una forma de decir que todo se había acabado ya, que yo había salido del paraíso.

Otros salen por morder la fruta prohibida. Yo salgo por matar a mi madre. Mi madre era una fruta prohibida, eso Freud lo dijo, pero para mí la fruta prohibida no era solo mi madre, era mi padre, era la mano de mi hermano, era el cuello de May, era el pelo de Yolanda, eran los gemidos de la mujer del notario cuando mi hermano estaba sobre su espalda.

La salida del paraíso fue poco discreta, se hizo entre las luces azules del coche policía. La salida fue el relato de unas sombras negras proyectadas por la luz azul sobre el suelo gris oscuro de la carretera.

Al fondo, las olas seguían rompiendo en la playa. Yo no las contaba ya, solamente las oía, lentas, morosas, cuando rompían, mientras me metían en el coche blanco.

Me senté allí y me pareció que la reja que separaba los asientos delanteros de los traseros reducía bastante el espacio de los asientos traseros. Eso hacía que mis piernas chocaran con algo, con la mampara, con la parte posterior de los asientos traseros.

La habitación gris me esperaba. En la habitación gris no iba a llover. En la habitación gris, mis lágrimas no iban a reflejar los pinos, ni la figura trágica y romántica de mi hermano.

Mis lágrimas reflejaban una litera, un agujero en el suelo, una ventana con rejas. Me subí en la litera y chupé las rejas. Por un momento, pensé que es lo que habría hecho en mi situación el hombre de la chaqueta de tweed raída que se metía piedras en la boca mientras paseaba.

Lo pensé mientras lo hacía, pero luego me olvidé enseguida. Y vino un hombre con un cuaderno y un lápiz. Y vino un hombre y me pidió que le contara lo que había pasado.

Y yo le hablé de los pinos, pero no comprendió. Y yo le hablé de mi patio, pero no comprendió. Le hablé de los rayos concéntricos que salían de la cabeza del notario, pero no comprendió. Le conté lo que mi madre me contaba de Chispitas, pero no comprendió. Le dije que mi hermano volaba a mi alrededor como una alondra, pero no comprendió.

Luego le conté lo que mi hermano me contó de los cormoranes, que cuando estaban en una cueva marina a la que bajaban los percebeiros uno siempre hacía guardia sobre una roca y cuando daba la alarma todos se echaban al agua y buceaban.

Se lo conté y eso pareció entenderlo al ser policía y acostumbrar a a hacer guardias. Luego vino un abogado de oficio, también acostumbrado a hacer guardias.

Lo que me sorprendía a mí no era que vinieran, sino que yo no gritara, ni rascara las paredes con los dedos, ni contara olas, ni diera vueltas interminables alrededor de un eje imaginario como el tigre del zoo de Berlín. Eso me sorprendía mucho.

Quizá fue el efecto del fantasma de teatro noh japonés que me visitó antes del acto. Quizá fue el efecto de sus pasos silenciosos. Sus pasos silenciosos, su silencioso deslizar me sumió en un estado de estupefacción, de asombro, de atención suspendida.

Ese es el estado de los santos, el olor a santidad. Yo lo olí con mis narinas nauseabundadas. Yo lo sentí en mis receptores cerebrales, en las profundidades de mis cavernas nasales.

Era un olor particular, diferente al de la resina, diferente al de la tierra mojada, diferente al de las sardinas frescas, muy diferente al de las sardinas no frescas, diferente al olor del Covid, diferente al olor de los mocos, al del jazmín, al del acanto, al de una piedra chupada...

El fantasma olía a algo como cedro e incienso, pero el final en las narinas era aroma ligero, dulce, alado como el recuerdo de mi hermano. El hombre que mi hermano me contó que puso los pies en dos losas desiguales, lo que le llevó al pasado, o que se comió una magdalena, lo que le transportó a la infancia, se parecía a mí cuando olí el fantasma que pasó por el pasillo de la casa de mis padres, cuando se dirigió hacia las escaleras.

A mí me transportó a un cuarto oscuro, a un sótano muy profundo, me sacó de mi paraíso de cemento con olor a resina y tierra húmeda y me hundió en un tubo oscuro, una cavidad de sombras desconocida.

Allí me acuclillé en el suelo, solo. Allí, dejé de contar olas. Allí, dejé de gritar. Allí, apreté la almohada contra su cara, con mis dedos romos y ensangrentados.

Allí lloré por la desaparición de mi hermano, de mi madre, de mi padre, de la mujer del notario, del notario y su halo multicolor similar a una bandera gay en tonos pasteles, a un arco iris hecho con esmalte, de Antoniño, de Monchita que Antoniño pronunciaba como Munchita, de la mujer de piel y carnes nacaradas y acento francés, marido portonovero, y yo que me la llevé al río pero tenía marío, y del perro semibeagle, protobeagle y su mirada tranquila de ámbar.

Y, sobre todo, lloré por la desaparición de mí mismo. Me embargó una pena profunda, difusa al principio, pero aguda después, una pena de días, de meses, de años, de siglos, que venía de cosas variadas e incomprensibles al inicio.

Venía del aura de las cosas. Venía de la vibración de los seres. Venía de gritos y gritos de eras antiguas, de tiempos remotos en los que no había existido, pero que estaban allí, conmigo, en aquella cueva oscura, como efigies serias y condenatorias, como almas infantiles e indefensas.

Estaban en fila, oscuras y oscuros, como mejillones pegados a la roca, mejillones con capuchas y hábitos negros que penaban por los demás, por ellos mismos, por el simple hecho de existir.

Yo lloraba por los mejillones como podía llorar por cualquier ser o por mí mismo, como podía llorar por la espuma de las olas. Esto no se lo contaba a los hombres grises que venían a verme en la habitación gris, en la que estaba yo con mi traje de rayas, al estilo pijama, y en la que había una entrada solo por mí percibida a un túnel y a una cueva oscura, profunda, desconocida.

Allí pasé treinta días de ayuno y soledad, de silencio y llanto. En algún lugar, estaba mi paraíso que aterraba a los que oían mi grito. Pensándolo ahora, quizá mi antiguo grito era en realidad una señal de entusiasmo.

Porque con él perseguía yo a May y a Yolanda, por el pinar iluminado por la luz dorada de la tarde.

Porque en él residía la esperanza de un parque de diversiones con toboganes, piscinas, trampolines, camas elásticas y túneles por los que uno se deslizaba para salir a la luz y al sonido.

Residía allí, y yo lo intuía, pero nunca lo encontré de verdad allí, en mi grito. Mi grito era un recurso investigador imperfecto.

Para encontrarlo, tuve que hacer lo que hice, tras recibir la visita del fantasma noh. El fantasma noh era un ser pretérito aunque atemporal, del que me había hablado mi hermano. Mi hermano había descubierto el fantasma de teatro noh en la televisión y lo imitaba con una precisión nipona. Al final, siempre coronaba su imitación con una carcajada, y me hacía imitarlo a mí.

Uno imita lo que ama. El amor es una forma de actuación íntimamente ligada a la imitación.

Uno puede aprender mediante la memoria o mediante la imitación. El aprendizaje mediante la imitación implica amor.

Mi hermano me inició en el fantasma de teatro noh. Así, este me visitó y cumplió su cometido, indujo en mí una actuación basada en la imitación. Luego desapareció, como había desaparecido mi hermano. Luego se fundió en el misterio y la sombra. Y me quedé yo solo en mi caverna oscura que existía en la habitación gris.

Allí me invadió el dolor y el llanto. Como ya he dicho, eran un dolor y un llanto antiguos, que manaban solos, por sí mismos, sin que yo hiciera nada.

En particular, me dolía no haber poseído a la mujer de piel y carnes nacaradas, no porque la hubiera visto, sino porque la descripción de mi hermano era más atractiva que cualquier conocimiento. Las descripciones suelen resultar más atractivas que cualquier conocimiento, aunque insistamos en decir lo contrario de forma general.

Sin embargo, mi dolor y mi llanto no nacían de eso, sino de algo más antiguo, tan inexplicable como la propia existencia. Era extraño, porque yo lloraba por la existencia tras haberla cercenado. Era raro porque llegaba a comprender la esencia de las cosas solo tras haber terminado con ellas, tras haberlas destruido.

Es como si el conocimiento del interior de un animal implicara su muerte y disección. Así tuve yo que matar mi mundo, para luego poder diseccionarlo. Así tuve que matar a las personas que quería para luego poder diseccionarlas. Al hacerlo y ver lo que tenían dentro, las comprendí. Pero ya no existían, no. Pero solo mi alma y mi cuerpo existían ahora.

Los hombres de gris no entendieron nada. Quizá por eso ordenaron que un día los hombres de blanco vinieran. Cuando uno comprende algo, se deshace de ello, por eso es quizá posible que los hombres de gris sí comprendieran. Los hombres de gris querían deshacerse de mí.

Comprendí que mi hermano había sido creado para darme luz, para hacerme consciente de lo que me rodeaba. Comprendí que mi padre existía para que yo lo viera como alguien débil, amorfo, inconcreto y de esa forma pudiera intentar no ser como él sino ser otra cosa.

¿Pero qué podía ser yo, un falto, idiota, que solo sabía gritar y dar vueltas por el patio trasero de cemento en el que le habían puesto para que se expandiera lejos de las miradas de los miles de turistas a los que aterrorizaba con su grito?

¿Qué podía ser incluso mi hermano, el del culo mojado por el agua salada de la orilla, el de los ojos puestos en la admiración de un yo que se iba con cada ola, el bello pájaro humano capaz de encandilar y sacar momentáneamente de su insatisfacción a cualquier mujer madura excepto a su propia madre?

A ver, ¿qué podíamos hacer?

¿O mis hermanas, que cual seres irreales, siempre nonatos insectos voladores, giraban y giraban alrededor de la insatisfacción de mi madre antes incluso de nacer?

¿Es la insatisfacción de la mujer una herramienta biológica de elección, acción y reacción?

¿Es la torpeza del hombre, su dejadez o embrutecimiento interior, su tendencia a la no existencia, otra herramienta biológica para intentar acabar cuanto antes y dar paso a otros? Pero, ¿qué paso, el de la oca? ¿O el paso militar de "al paso, al paso…"?

Al retirarse, miró las colinas y valles, las huestes allí asentadas en paz, las columnas de humo que salían de las tiendas de campaña y las cabañas a medio construir, y sintió que ya no podía hacer más, que no debía ni siquiera intentarlo, fuera de una estirada de piel, unas inyecciones de botox en las pantorrillas y los glúteos, un injerto capilar o múltiples implantes dentales, supo que ni siquiera la memoria tenía sentido alguno, que ahora la memoria era para los que venían detrás, para los nuevos inquilinos del patio de cemento, que ahora quizá no era ya patio de cemento siquiera sino que había tomado otra forma, pero la joroba, el grito, las olas, seguirían allí.

Cuando eso se hizo patente, cuando de repente la muerte de mi madre, todo menos accidental según los representantes de la ley, puso en orden el mundo, hizo que cada cosa tomara de una vez por todas su lugar, solo entonces porque tenía que ser entonces, llegó el silencio, planeando como un ave tranquila y sin descendencia, cosa rara donde las haya. Entonces, las luces del paseo fueron luces, luego memoria por unos instantes, el suficiente para fijarse como tal y luego desaparecer, carente de función siendo ya solo juguete.

Así, el paseo de tamarindos volvió a ser el paseo, ese camino que uno quería seguir, pero en el que intentaba estar poco tiempo, el suficiente para ir de casa al náutico. Y la Pista volvió a ser el camino de bajada hacia el mar el día de llegada, con la otra orilla enfrente, las luces del anochecer, la promesa de la arena de la playa.

Y mi padre un hombre vestido con un polo amarillo con rayas finas negras que conducía un coche azul claro hacia la eternidad de todos.

Así fue el paraíso.

Así fue la caída.

Si uno no puede hablar, grita, decía yo. Si uno no puede actuar, porque no sabe cómo hacerlo, cuenta olas, las observa, las quiere domar. Pero las olas tienen una naturaleza indomable, aunque sea como concepto, o fundamentalmente como concepto.

Las luces fueron apagándose sobre el pinar, sobre la casa, sobre el patio, no sobre mí y sobre los demás, sino sobre todos nosotros. La tarde se puso íntima como una pequeña ría.

Guardias civiles furiosos llamaban a la puerta.

Lo hacía con el suave acento galaico que los siglos impusieron, que el neboiro regalaba..

Y la escalera al cielo se abrió delante de mí, que venía sangrando. Y entonces fue mi último aullido, para mí, esta vez interno, asordinado, reflejando una tensión interna sensible solo para los cuervos. La luz se fue apagando.

Pero las luces de la otra orilla se encendieron, pequeñas, acogedoras, como promesas de algo. Y yo los acompañé zapatos color corinto, medallones de marfil y ese cutis amasado con aceituna y jazmín, eso me lo repetía mi hermano.

Los acompañé a la habitación gris.

Y allí las preguntas y la entrada a la cueva oscura donde todo esto se hizo realidad. Y las luces son ahora memoria. Y las dudas que me angustiaban, ¿cómo olería Chispitas, cómo era mi padre antes de nacer, por qué el notario tenía aquellos rayos de luz multicolor que le salían de la cabeza como un buda dhyanico, qué figura iba a aparecer en la luz, mi hermano, qué fue de él…?, esas dudas, ¿qué fue de ellas?, quedaron cristalizadas en la memoria que duró algunos segundos, no más.

Tras mi estancia en la cueva oscura, en el lugar de la no luz, saqué la cabeza, miré alrededor y allí estaba todo porque no había nada.

Y el anochecer trufado de lucecitas de la otra orilla es ahora la manta con la que me cubro.

X

La habitación blanca

Luego me llevaron a la habitación blanca.

Podría decir que no me llevaron a mí, sino a otro. Podría decir que el que fue allí era otro al que yo conocía y a quien, de alguna forma, respetaba. Podría decir que, de alguna manera, ya era dos, no uno solo, yo y algo que había dentro de mí, otro yo que no era yo sino otros.

Un hombre de blanco vino a la habitación gris y me hizo preguntas. Luego volvió otros días. Los hombres de gris no me comprendían, pero el hombre de blanco parecía comprenderme. Asentía con la cabeza y tomaba notas, muchas notas.

Yo me sentía como cuando mi hermano me hablaba del hombre que se metía piedras en la boca y paseaba por un camino junto a la playa, como cuando hablaba del hombre que se comió un pastel y recordó media vida, como cuando me decía que en un lugar del mundo se preguntaban y se respondían cosas absurdas para llegar a adivinar algo de sí mismos y de todo, o cuando me recitaba cosas de escaleras al cielo.

Mi hermano no había ido a la universidad, pero podía haber estudiado en Nalanda, en el reino de Magadha, sin saberlo, podía haber estado allí, era capaz de haberlo hecho. Ahora no sé dónde está mi hermano.

En la habitación blanca vuela como un ave blanca algo asustada. En la habitación blanca vuela como una nívea ave en busca de libertad. Yo lo sigo y lloro de alegría y de dolor. Pero la libertad está dentro. La libertad es una cualidad invisible, en todo caso blanca.

Ahora, en la habitación blanca en la que vivo, no hay entrada en el buraco negro, la cueva negra, hay recuerdo de ello. También hay buraquiños, covinhas, cuevecicas, pero esas son ya momentáneas, temporales, no tienen la trascendencia que tuvo la primera.

En mi habitación blanca hay varias condiciones.

La primera condición es que estoy solo, de forma similar a como estaba en mi patio, o a como estaba en la habitación gris, pero de forma diferente, ya que en mi patio las olas estaban dentro de mí, y en la habitación gris todo estaba dentro de mí, pero ahora estoy sobre todo solo, no hay nada que me pueda meter.

Ahora todo está dentro, pero también está fuera. No hay una opción u otra, mi cerebro no lucha en esa dualidad, todo está y no está. Ahora, o bien estoy vacío, o bien estoy lleno, pero son estados alternos que no buscan lo absoluto y a los que les dejo estar, ser y dar.

Estoy solo conociendo los distintos agujeros, los inevitables buracos, pero sabiendo también que su efecto es ya secundario, que el efecto principal se dio. En el momento de ese efecto principal, quizá me salieron rayos de luz de la cabeza, como no me veo, no lo sé, no estoy

JOSÉ PAZÓ

seguro de que sí o de lo contrario, pero me habría gustado que hubiera sido así, aun cuando hubieran sido rayos pequeños y breves. En mis rayos, se habría visto brevemente la figura de mi hermano, sentado en posición de loto y boca abajo. Habría sido una visión enigmática de algo que fue y que es todo.

La gente no lo habría entendido y seguramente habría pensado que era el truco de tecnológico de algún miniproyector escondido en algún lado, en algún bolsillo o trampilla. Pero en mi habitación blanca no hay esas cosas, ni mi ropa blanca tiene bolsillos. Cuando mi pelo sea blanco, quizá pudiera esconderlo entre mi pelo, pero por ahora es poco y me lo cortan al cero.

El notario tampoco habría podido esconder el miniproyector en su melena, fundamentalmente porque es calvo. En ese capilar sentido, era un ser sincero, que no escondía nada. Por eso sus rayos eran tan impresionantes y tan enigmáticos. Por eso yo pensaba tanto en ellos sin necesidad de verlos siquiera.

La segunda condición de mi habitación blanca es no salir nunca.

Esta parece muy relevante pero, si se piensa bien, es la condición de la existencia en el tiempo y el espacio, el no salir del todo de ningún sitio nunca. Es una condición aparentemente dura, incluso cruel, pero hay que pensar que muchos animales buscan una concha ya usada, un agujero, una madriguera, una covacha… Por esa razón, mi habitación blanca es un lugar perfectamente ajustado a la condición de la existencia.

Hasta los virus buscan cuerpos. También ellos están sujetos a la condición de la existencia, por mucho que los gobiernos y las compañías farmacéuticas quieran.

La tercera es vestir de blanco siempre y no dejar que nadie entre en mi habitación que no vaya vestido exactamente igual.

La razón de esta condición radica en mis auras. Yo ahora no cuento olas, no cabeceo ni de un lado a otro ni contra la pared. Ahora no grito sin cesar mi grito hipohuracanado. Ahora, de repente, sin razón clara, me quedo sin visión, sin tacto, sin movimiento, sin habla, como si me hubieran apagado pulsando un interruptor.

O veo rayas de luz.

O dejo de ver.

A veces, cuando veo un rayo de luz, me pasa alguna de esas cosas. La imagen general se fragmenta, el equilibrio desaparece, y comienzo a sudar como un cerdo, como un pollo, como alguien a quien le está pasando algo. Son auras, tormentas cerebrales, es mi pago por haber dejado de contar olas, por haber abandonado el grito como forma de expresión y desahogo.

En la habitación blanca, habito solo, y escribo reclinado en mi cama, contra el muro de corcho, rodeado de paredes forradas de guata blanca sobre el corcho. Así, reclinado, fue como descubrí que podía aporrear con los dedos un teclado y escribir sobre mi hermano, sobre mis padres, sobre los perros que me visitaban en el patio, sobre los insectos que venían de la tierra al cemento, sobre los cuervos que desean posarse sobre mi ataúd.

Llegar a escribir no fue nada fácil. Al principio, intentaba escribir como cualquier persona no idiota, uniendo una palabra con otra y luego una frase con otra. Pero pronto me di cuenta de que era incapaz. Pronto entendí que solo podía escribir como cagan las cabras. Ese es mi estilo, una bolita tras otra.

En la habitación blanca descubrí mi estilo. En la habitación blanca me di cuenta de que mi estilo es diferente a lo que se estila en los cenáculos literarios, artísticos, periodísticos y políticos, que se parecía más a algo imaginado o entrevisto en todo caso, pero no visto.

En la habitación blanca, el idiota narró su bajada a los infiernos y su subida al cielo. En la habitación blanca, el estilo, como una paloma blanca, vino al encuentro del idiota, se le posó en el hombro.

En la habitación blanca, me senté en una silla, crucé una pierna sobre la otra, apoyé la barbilla en la mano derecha, y me preparé, serio, intelectual, a escribir con tinta negra.

Lo primero que escribí fue la palabra Bellaterra. La escribí porque la tierra me parecía bella, allí sentado en la habitación blanca, eximido ya de cualquier responsabilidad penal o civil.

Bellaterra era un recuerdo, de la playa, del pinar, de la bahía con el Náutico al fondo, del paseo de Tamarindos, de los roquedales cubiertos de percebes, de las lágrimas de mi madre, del pelo oloroso de la mujer del notario, de las palabras de mi hermano, que como mariposas amarillas volaban a mi alrededor, del olor a tierra mojada, de los montones geométricos y perfectamente japoneses de Antoniño. Lo escribí y luego me arrepentí de haberlo escrito, pero ya era tarde, ya estaba escrito.

Uno escribe cosas creyendo que dice algo nuevo, pero en realidad nada de lo que se dice es nuevo, todo está ya dicho, está implícito en el propio sistema lingüístico y comunicativo. Todo lo que se puede decir está en las reglas de cualquiera que sea el sistema que se use para decirlo, en las posibles combinaciones de la lengua.

Todo lo que se dice está ya dicho.

En realidad, cuando dos personas hablan, no hablan ellas, sino que habla el sistema con el sistema. Toda comunicación es siempre intra-sistemática.

Eso significa que el individuo es un espejismo del sistema, una posibilidad inexistente.

Yo había querido ser mi hermano, y no había podido, porque es imposible ser mi hermano sin serlo. Cuando yo hablaba con mi hermano, no existíamos ninguno de los dos como individuo, los dos éramos parte de lo mismo, los dos éramos lo mismo. Luego mi hermano se fue, y dejé de saber si éramos lo mismo o no, ya que no hablábamos, solo yo me comunicaba con su recuerdo. Su recuerdo era mudo, e iba y venía, y me daba fuerza cuando venía, pero luego se iba y yo tenía ganas de recaer en el grito.

Para no hacerlo, cruzaba una pierna sobre la otra, mucho, con fuerza, en la habitación blanca, y luego retorcía el cuello y miraba a una esquina de la habitación, la esquina contraria a la que apuntaba con la punta del pie. Así lograba no hacerlo, aunque me hacía daño en el cuello, eso sí, pero lo lograba.

En la habitación blanca, vestido de blanco, me sentía como alguien que de repente tenía un pasado. Así que las palabras fluían, una tras otra, tras otra, tras otra, como las olas que contaba. Mis palabras eran en realidad olas hechas palabra.

Esto lo digo en la habitación blanca y queda ya muy diferente a si lo digo en el patio. A la habitación blanca me trajo el hombre vestido de blanco. Me sentó en una silla, junto a una mesa, me preguntó y tomó notas. Cuando terminó, se fue y me quedé yo con la cabeza sobre la mesa, dormido. Al despertar, algo había pasado, en la mesa se había formado un cubo de unos cuarenta centímetros por cuarenta.

Era un cubo definido por unas aristas de luz. El cubo no tenía paredes, superficies que delimitaran sus lados. Lo delimitaban las aristas, que eran de luz y permitían ver lo que ocurría en el interior del cubo. El cubo definido por aristas de luz estaba vacío. Definía un espacio vacío.

En ese espacio, no había antena, no había piedra, no había yorishiro, objeto alguno de origen cualquiera que sirviera para llamar a los dioses, para que los dioses bajaran y tomaran aposento.

Yo miré el cubo con mis ojos burdos, brutos, torpes, bizcos, enrojecidos, llorosos... Y en el cubo se fue creando una figura pequeña, la figura de una dama vestida de blanco.

Era pequeña como brizna de hierba.

Era diminuta como la flor de un dondiego de noche.

Brillaba con una luz tenue, de luciérnaga.

La diminuta dama se puso a pasear por el cubo. Luego, no sé de dónde, apareció la figura de un pequeño caballero.

Era pequeño como la piedra de un mechero.

Era diminuto como un piñón primerizo.

Los dos empezaron a subir escaleras de luz, pero escaleras diferentes, que parecían no llevar a algún sitio, pero no llevaban a ninguno. Parecía un dibujo de Maurits Cornelis Escher, solo que en movimiento, en acción.

Pensé que se buscaban, pero no estaba claro. En ocasiones parecía que ella le perseguía a él, en ocasiones que era él el que le perseguía a ella. No se encontraban.

Los miré atento, hasta que la baba cayó en la mesa blanca. De alguna forma, esos dos seres me definían, estaban dentro de mí, representaban algo que a mí me estaba pasando, o me había pasado o me iba a pasar, y todo eso lo sentía al verlos, aunque no lo supiera, aunque fuera parte del misterio.

De alguna forma, esos dos seres eran yo. Eran yo en su deseo infinito. Eran yo en su pesadilla infinita. Eran yo en su inconsciencia y estupidez insondables. Eran yo. Eran yo.

Me dormí mientras sollozaba en la mesa. Cuando me desperté el cubo había desaparecido. Cuando me desperté, tenía un plato blanco con frutas naranjas. El naranja sobre el blanco formaba un contraste que en sí mismo tenía sabor. Sabía a algo que había gustado antes en mi patio de cemento, no recuerdo si era la camiseta de canalé de May o de Yolanda.

Era un sabor suave, de esos que llaman reconfortante.

La camiseta de una de las dos me había resultado en su momento comida reconfortante. De esa que uno se imagina tras un día de esquí en cualquier estación de los Alpes suizos. De esa que uno tomaría en cualquier albergue de los Alpes austríacos tras una jornada de esquí entre la niebla. De esa que lleva a uno a recuperar un pasado extraño, delicado y a la vez salvaje, en el que uno era y no eran uno.

Yo era un idiota que contaba olas en los márgenes de una ría en la que sus habitantes locales se paseaban con sardinas en los bolsillos, rayos de luz multicolor que salían de sus cabezas, tablas de surf del color del marfil, y en la que algunos de sus moradores, o al menos alguno, se dedicaban a hacer montones regulares y perfectamente cónicos de faísca, ajuma o pinocha, como uno quiera llamarla. Pero ahora, despierto, recordaba el cubo y esa visión me llevó a mi estilo, a mi recuerdo estilizadamente abrupto, a mi aerofagia, a mi flatulencia literaria y rítmica, como si de un ensayo de jazz se tratara.

Tras esa visión, me quedé más tranquilo que antes todavía, más calmado. Se me quitaron más las ganas de gritar, de contar olas incluso. Me entraron, sin embargo, ganas de sentarme en la terraza de mi habitación blanca y mirar el paisaje que se extendía ante mí, como forma de relax.

El paisaje que se extendía ante mí era una pared totalmente blanca. Pensé en lo acontecido, en mi hermano, en mis padres, en el notario y en la mujer del notario, en Antoniño y Monchita, en los paseantes que en verano eran hormigas bajo mi cueva, en la mujer belga del pescador galaicoportugués, en el perro semibeagle, y las palabras que los nombraban eran néctar embriagante, y mi cabeza daba vueltas como la danza de un turco o una turca giróvagos, de alguien que busca el éxtasis en su confusión.

Y vi que mi confusión era grande, que si levantaba un poco la sábana o mantel, como quiera que se nombre, mi confusión era infinita, que era tan inabarcable como los granos de arena del desierto, como las estrellas de los cielos, como las olas del mar. Pero, a la vez, vi que mi confusión era gruta y refugio, y que en ella podía albergarme y protegerme de los rigores del conocimiento, del peso de la sabiduría, de la crueldad del juicio y el discernimiento.

Y determiné en que esa gruta protectora era blanca y que yo estaba en ella. Y, entonces, me dije, ¿qué pasa con los colores? Pero ya me había empezado a invadir una somnolencia profunda, y fui cayendo, cayendo, cayendo... Al despertarme la mañana siguiente, el cubo con aristas de luz no estaba encima de la mesa.

Entonces recordé que mi hermano me había contado que un hombre alemán había hecho un pequeño teatro de cartón en el que representaba historias que él imaginaba, y que lo había hecho cuando era joven. De alguna manera, pensé yo, soy como ese alemán, como ese guiñolero.

Pero yo no había hecho el teatro, el teatro había venido a mí, se había metido en mí. Y luego se había ido.

Quedaba el plato blanco, sobre la mesa, pero las frutas seguían siendo de colores. Digo frutas, pero me refiero a tres naranjas de color naranja. Cogí una y la empecé a pelar con los dedos, hincando las uñas. Al romper su piel, salían volando pequeñas gotas de la corteza rota, como minúsculos sifones. Las gotas me manchaban los dedos con un característico olor.

Me la comí, pero las otras naranjas seguían siendo naranjas. Ese fue el preámbulo a la recuperación de los colores. Uno a uno, los colores fueron volviendo en forma de frutas que me comía, pero que si no me comía permanecían.

Ya no todo era blanco.

Y así, aunque mi habitación era blanca, los colores fueron volviendo, uno a uno, con cada uno de los vegetales y las frutas. Se diría que mi mente era una fábrica de productos frutícolas y hortícolas ahora, un mar vegetal engendrador de colores.

Pero el azul nunca volvía. Sí volvió el cubo con aristas de luz. Dentro de él no estaban ya la diminuta dama ni el piñón humano subiendo y bajando escaleras que no llevaban a ningún sitio, sino una mujer sola, vestida a la moda antigua, con una toga anudada en la cintura.

La mujer tenía el pelo dorado. La mujer tenía los ojos verdes. La mujer tenía la boca pequeña, como un grano de fresa. Respiró y miró al suelo. Luego empezó a recitar:

> Ai ondas que eu vin veer,
> se me saberedes dizer
> por que tarda meu amigo sen min.

> Ai ondas que eu vin mirar,
> se me saberedes contar
> por que tarda meu amigo sen min.

Ese día había pasado lento, en tensa espera. Había pasado así porque yo esperaba algo que no sabía bien que era, pero pasó. La mujer de boca roja diminuta cantó y yo me quedé boquiabierto, muy quieto, expectante de algo y por algo que estaba dentro de mí.

Quizá fuera oír hablar de olas y de lo que cuentan. Quizá fuese ese sonido tan cercano, de cuando mi hermano me llevaba con él a deslizarnos sobre las olas de sus frustraciones y sus anhelos, los dos con el culo mojado, sobre la arena.

Y, de repente, las olas de mi cerebro se desbordaron y empezaron a salir, rugiendo, rompiendo contra las rocas, como si en mi mente y en mi cuerpo hubiera una galerna.

Olas que fui a buscar, por favor contadme algo de él.

Contadme algo de él, contadme algo del mar.

Y el llanto lo inundó todo.

Y con él el cansancio y el sueño.

Y cuando me desperté, sobre la mesa estaba el plato blanco, y en él había frutas y hortalizas de todos los colores, excepto el azul. Hasta había algo negro, pero no azul.

Pero cuando miré hacia arriba, allí estaba pleno, completo, absoluto, el azul del mar y del cielo, sobre mi cabeza, en el techo, a punto de caer sobre mí, pero sin caer, suspendido, como suspendidos estaban mi juicio y mi atención.

Entonces sentí que el cubo con aristas de luz no volvería. Y que yo, de alguna forma, tampoco lo haría, que todo estaba ya decidido, fijado y determinado, pero que, al mismo tiempo, ante mí, tenía toda la libertad del mundo, el más grande vacío. Que podía ser cualquier cosa y no ser nada. Que podía hacer cualquier cosa y no hacer nada.

Y entonces el cielo

Y entonces el tiempo

XI

El coro

"Hemos venido a hablarte, vestidos de blanco, con una ofrenda de vacío en nuestras manos.

Hemos venido a acompañarte y a decirte que nunca estarás solo.

Hemos venido con piedras en la boca, y las mangas de nuestras chaquetas deshilachadas.

Hemos llegado con sardinas frescas en los bolsillos.

Te traemos rayos multicolores y una caja de sueños, un cubo en el que podrás recordar lo que has vivido y lo que no. Es un cubo que estará siempre dentro de ti, que tendrás a tu disposición siempre que lo necesites. Venimos a saludarte por haber llevado a cabo la actualización del Sutra de la Contemplación. Venimos a honrarte por haber actualizado nuestro oscuro pasado. Nuestro pasado con olor a incienso. Nuestro pasado con olor a cedro…"

Pero esto no es Sutra alguno, interrumpí yo, poseído por un equilibrio físico y por una entereza racional inauditos hasta ese momento.

El coro miraba al cielo y seguía hablando, cantando, recitando. De sus palabras, salían rayos multicolores que llenaban la habitación unos segundos y luego se extinguían. De mi cabeza, salían rayos concéntricos multicolores, tirando a pastel, que se perdían en el infinito.

Todo tenía un aire de anuncio de televisión de un juguete unisex. O de alguna golosina igualmente multicolor.

"Y por ello te traemos ahora estas apariciones fantasmales, para que las describas y las incluyas en tu texto, y así nadie pueda decir que las inventaste."

Que fueron la invención de un idiota, de un mono rijoso, de un falto tartamudo, de un afectado por una parálisis temporal con ciclo periódico, por espasmos físicos y neurológicos.

"Y para ello te traemos la primera figura."

Y ante mí apareció una enorme hoja de loto blanca con una figura dorada sentada sobre lo que parecía un cojín blanco, pero que tras una inspección más detallada se demostró ser una almohada. La figura que estaba sentada, en posición de loto en la flor de loto, era dorada. La figura que estaba sentada era mi madre. Tenía tres brazos en cada costado y estaba rodeada de chispas diminutas, que oscilaban y crepitaban. Chispitas.

De la flor de loto salía un tallo fino y largo, que en realidad era un cordón umbilical. Ese cordón conectaba la flor de loto con un catre pequeñito, que estaba muy al fondo, en las sombras, en el que la figura semitransparente de mi padre aplicaba una oreja a un transistor ensimismado.

Entonces comprendí que mi madre recibía su energía de ese padre semitransparente y que las chispas que brotaban y brillaban a su alrededor eran en realidad producto de la mansa energía de mi padre, tan benigna y tan maligna como la de la deidad más terrible de la eternidad.

La flor de loto, con mi madre sentada sobre ella en posición de loto, ascendió en la habitación blanca, en la nave central ojival y blanca, como una extraña paloma, como una hoja que en vez de otoñal y caer, era primaveral y ascendía.

El coro murmuraba unos sonidos por mí incomprensibles ahora. Lo hacían en extraña coordinación y las células de mi cuerpo vibraban con esos sonidos y producían pequeñas chispas en mi interior.

De esa manera, me metí a Chispitas dentro, como una enorme ola que mi hermano soñara con surfear, como una gigantesca montaña de agua que mi hermano habría mirado con asombro y suspensión del juicio, y en la que, a lo mejor, se habría atrevido a lanzarse de estar en la rompiente, esperando. Pero mi hermano se había ido, se había ido muy lejos, a un espacio desconocido por mí, al que mi grito ya no alcanzaba.

Pensé que, a lo mejor, por eso había dejado yo, progresivamente, de gritar. Pensé también que mi padre era una pila, una batería que iluminaba la fiesta de mi madre, nuestra fiesta, de forma similar a como un grupo electrógeno de marca japonesa ilumina la humilde feria de un pueblo en el final del verano.

El coro subió el volumen de su murmullo, y yo también el de mis vibraciones, y tuve, por primera vez, la ligera sensación de que levitaba algunos milímetros sobre mi asiento habitual. Pensé, también, "qué pensaría el hombre de blanco si viera todo esto".

Y justo cuando lo pensé, se abrió la puerta y el hombre de blanco entró con un taco de hojas blancas para ponerlas a mi lado, en la mesa. También, chequeó el tintero, lo levantó entre sus dedos, lo movió, y lo observó contra la pared blanca. Luego sacó una botella negra con un dosificador, y lo rellenó.

Mientras hacía todo esto, el coro seguía allí, con su extraño sonido, pero el hombre de blanco parecía no verlo en absoluto, ni oír sus voces raras y guturales. Ni siquiera miró la flor de loto con la figura dorada de mi madre, ni dirigió su mirada a las profundidades para atisbar a mi semitransparente padre. Solo dejó las cosas allí, cerró la botella negra con dosificador, y salió de allí, con pasos silenciosos, quizá por el fieltro blanco que cubría la suela de sus zapatos blancos.

Al cerrarse la puerta, no ocurrió nada.

Yo empecé a escribir, y seguí escribiendo, y el coro siguió hablando, y yo escribía, en cierto modo, las palabras que el coro cantaba, mientras mi madre levitaba en su flor de loto rodeada de chispitas conectada por el tallo de la hoja a mi lejano y aparentemente diminuto semitransparente padre.

Entonces, otra hoja de loto comenzó a ascender lentamente. Estaba situada a la izquierda de la de mi madre, según mi posición y a la derecha de mi madre, según su posición frontal. La hoja ascendió y en ella había una figura azul celeste, sentada en posición de loto, y de su cabeza salían rayos multicolores.

Y no, no era el notario realmente calvo con sus rayos concéntricos, ni su mujer, la de la ropa interior diacrónicamente multicolor. Ni siquiera mis extrañas hermanas, abejas reinas que luchaban por ser obreras. Y tampoco era mi semitransparente padre, ese seguía tumbado en su catre dando energía al mundo. Tampoco era yo, sino mi hermano, sentado en la hoja azul y blanca, del color de una ola.

Al ascender, el coro empezó a rugir como una ola. Al escucharlo, yo suspendí el juicio. Al sentir el rugido y sus vibraciones todas las olas que estaban dentro de mí empezaron a rugir. Todas se movían como espigas de trigo activadas por un viento misterioso que no se ve, que solo se siente.

Las olas, pequeñas figuras de llamas azules y blancas, rodeaban a mi hermano y mi hermano sonreía beatíficamente. Creo que la primera vez que veía sonreír a mi hermano de esa manera. Hasta parecía bobo, casi tan bobo como yo.

Mi hermano estaba en San Diego, estaba en Byron Bay, estaba en Turtle Bay, estaba en Skeleton Coast, no sé dónde estaba, por ahí, pero en Foxos no, ahí estaban las olas de siempre, la arena de siempre, las pulgas de la arena de siempre. Mi hermano estaba ahora delante de mí, levitando en una hoja de loto, sentado en esa posición, con cara de bobo.

Las olas dentro de mí se agitaban. Los números también, la eterna sucesión de cuentas, el rosario de agua con el que mi mente se calmaba. Pero ahora mi hermano estaba al lado de mi madre, levitando, como un bodhisattva cualquiera. Y todas las olas, todos los granos de arena, todas las palabras danzaban en mi cabeza como impelidos por un ímpetu extraño, una furia alegre e irreprimible.

Mi madre ascendió como una flor de loto rota, torcida, unida por aquel cordón umbilical a mi semitransparente padre. Mi hermano ascendió como un hombre azul rodeado de llamas azules y blancas, como otra flor de loto celeste.

Yo, mientras tanto, escribía en las hojas blancas que el hombre de blanco me trajo, que me traía cada día. Luego el mismo hombre las recogía silenciosamente y se las llevaba a algún sitio. En ese sitio quizá las quemarían, quizá las leerían legiones de estudiantes universitarios con la cabeza rapada, en algún lugar de una India real o imaginaria.

Yo digo que grito, hago como que grito, pero en realidad mi grito es silencio, eso lo sé ahora. En ese silencio, puedo escuchar cómo el plumín de mi estilográfica rasga la superficie del papel blanco que me traen. Es un sonido pequeño, diminuto, de algo que raspa algo, en algo, sobre algo. Es el ritmo de mis extrañas grafías, que tanto me costó aprender. Ahora las manejo con cierta soltura, como mi madre manejaba la queja, con staccato, como mi padre manejaba su silencio, con el mismo ritmo.

Antoniño, hacía los montones también así, de esa manera, con el ritmo de una metralleta. Fue así como yo aprendí mi estilo, observando olas, contándolas, metiéndolas dentro de mí. Así fue como me liberé del grito. Por eso, digo que grito, que queda muy literario, sumamente artístico, pero en realidad no grito, escribo.

Escribir es a veces una forma de gritar en silencio. Escribir es a veces una manera de gritar sin que nadie lo oiga. Yo escribo así, en mi habitación blanca, sin ventanas claras y definidas. En mi patio de cemento, aprendí a valorar los paisajes que los cuatro muros de cemento me ocultaban.

Tras los muros, estaba la playa, estaba la ría, estaban las olas, estaba el paseo de tamarindos, estaba el sol dorado de la tarde entre los pinos… Esos paisajes estaban tras los muros, y yo no los veía. Los veían otros, aunque eso es discutible. Al no poder verlos, esos paisajes eran mucho más vivos para mí.

Al no poder saber cómo eran realmente, mi deseo hacia ellos era mucho mayor. Al ser para mí invisibles, mi cabeza los imaginaba portentosos como el cuadro de un pintor alemán romántico, amables como el regazo de una pastora de hace cinco siglos, dinámicamente incomprensibles, como los recuerdos cristalizados de un novelista de culto.

Los muros son los que en realidad crean los paisajes. Lo que no nos deja ver es lo que define lo que vemos.

En mi patio yo no podía ver casi nada, por eso he llegado a ver casi todo. En mi patio, las luces me cegaban, pero mis ojos interiores nunca fueron cegados. Sufrieron destellos casi cegadores por algunos segundos, pero nunca fueron totalmente cegados.

En ese sentido, lo que no vemos es más importante que lo que vemos. De esa forma, lo que vemos es una ilusión, comparado con lo que no vemos.

Yo quería ver de verdad, conocer lo que las cosas eran, y llegaba a lograrlo, un segundo, un milisegundo de conocimiento verdadero nada más ver la cosa, aunque luego esa visión desaparecía y se veía sustituida por la ilusión de la realidad. Yo lo veía, lo intuía, aunque alguien que no viera el tiempo tal y como yo lo veo diría que lo presentía.

Mi vida ha sido una serie de presentimientos entrevistos en un patio de cemento. Para tenerlos, he tenido que gritar, he tenido que contar olas, he tenido que salirme del tiempo. Al salirme del tiempo, me salí también del espacio. Entonces fui poco más que una vibración que se acompasa con otras vibraciones.

Para eso, debí cambiar mi amplitud de onda, mi frecuencia, la distribución de mis armónicos. Esos cambios me eran íntimamente dolorosos, pero a pesar del dolor yo me empecinaba en ellos. Los cambios me permitían acompasarme con lo que percibía de alguna de las físicas maneras, y ello me hacía tener visiones que duraban milisegundos, presentimientos las llamarían algunos.

Esas visiones tenían color, sabor, olor, temperatura, grado de equilibrio... Eran, por tanto, visiones complejas que me acompañaban en mi sentir, o que más bien inducían en mí un sentir. Mi sentir no lo he expresado con el rasgueo de una guitarra ni con cantos flamencos. Mi sentir no lo he expresado con bailes dulcemente templados, ni rabiosamente arrebatados. Mi sentir no lo he hecho manifiesto mediante suaves golpes en un ebúrneo teclado.

Mi sentir lo he expresado a base de gritos. Mis gritos eran blancos y negros, como un teclado, pero de otros colores también eran. Mis gritos eran elásticos, pero a veces tenían la consistencia del granito. Mis gritos eran pequeñas creaciones mías, efímeras, como tantas otras formas de arte.

Había una vez un monje japonés. Ese monje japonés vivía en un templo de madera, en un valle, no lejos de una ciudad. El templo tenía una bañera exterior de madera, que se calentaba con una pequeña estufa de leña. El aprendiz de monje joven se bañaba todas las tardes, ya casi de noche, después de que el maestro y su mujer lo hicieran.

El aprendiz de monje era aparentemente ciego, mudo, sordo, pero tenía olfato.

Al meterse en la bañera, a tientas, notaba el agua ardiente, que contrastaba de forma extrema con la fría temperatura exterior, pero también percibía al aroma de la mujer. El maestro y la mujer se bañaban, y luego se metían en su cuarto, y se vestían para la hora de la cena, parcamente, simplemente.

El aprendiz de monje permanecía en el ofuro unos minutos, con los ojos cerrados, aunque no necesitaba cerrarlos, con los oídos cerrados, aunque no tenía por qué cerrarlos, con la boca cerrada, aunque daba igual cómo la tuviera. Pero con las narices abiertas. Por allí le entraba el olor de la mujer que era un olor sutil, pequeño, embriagante. El aprendiz de monje se embriagaba así cada tarde, cuando empezaba la noche.

Con cada aspiración, se iba metiendo poco a poco a la mujer dentro de él, en su cerebro. Llegó un momento en el que la mujer se fue haciendo más tenue, y así desapareció.

Entonces, el maestro se bañaba solo, sin decir nada, sin quejarse. El aprendiz comenzó entonces a preocuparse. Por un lado, él había sido el causante de la desaparición de la mujer del maestro. Por otro, la mujer vivía ahora dentro de él, y él había hecho voto de castidad, que no era obligatorio, pero sí conveniente. Y, por último, siendo que ahora la mujer del maestro estaba dentro de él, él se había convertido en su esclavo.

Al principio, no le pesaba, porque él podía disfrutar de ella como quería. Además, el maestro seguía sin decir nada, como si aquello no fuera con él, como si nada hubiera acaecido. Pero pronto la mujer del maestro le empezó a pesar.

Al principio era un peso ligero, atractivo incluso, el peso de la diversión. Pero pronto empezó a ser más y más gravoso, empezó a convertirse en un gran peso. Y llegó un momento en el que no pudo con él. Era incapaz de moverse. Era incapaz de ir a ningún sitio. Dejó hasta de bañarse. Y entonces, cuando ya no pudo más, habló con el maestro.

Le confesó su acción y le pidió que, por favor, la sacara de su cerebro, a su mujer, y la devolviera a su ser. El maestro no le dijo nada. No le comentó que los deseos son garras del infierno. Que la posesión siempre tiene un coste inabarcable. Que el disfrute no hay ocasión en la que no devengue en tortura. Que las cosas entran y salen del cerebro por arte del deseo, que es una forma de la magia. Y que solo el propio deseo es capaz de devolver las cosas a su sitio. Al morir. Al desaparecer. Al consumirse, mediante la acción o la omisión.

La tercera noche en la que estuvo pensando en ello, al alba, la mujer del maestro salió por sus narices. Volvió a bañarse con el maestro al atardecer. El aprendiz se bañaba después, solo. Ahora el agua le olía amarga, a hongo. Ahora, dejó de ser ciego, sordo, mudo. Como nunca había perdido el olfato, no tuvo que recuperarlo.

Sin embargo, el olor era ahora solo olor. Sin embargo, ahora no contaba olores, ni los diferenciaba, comparaba, evaluaba.

Por la noche, el humo de la leña de la estufa de la bañera ascendía por el cielo como un signo que solo los aventajados podían interpretar. Por la noche, el aprendiz ahora veía, olía y gustaba, incluso su tacto se había acrecentado.

Todavía no se habían acabado las palabras para mí. Todavía seguían fluyendo.

La mujer del notario era un autómata que ahora vivía en el bosque del olor a resina. Quizá siempre lo fue, pero mi hermano se la fue metiendo en la cabeza poco a poco, hasta que dejó de existir para el notario. Era un ser transhumano que había sido creada para a su vez crear familia, dar amor y ofrecer múltiples complicaciones con las que dar algún sentido a la existencia. La mujer del notario era una dadora de sentido, un papel complejo que solo seres sacrificados, humanos o transhumanos, pueden llegar a desempeñar.

Mi madre no daba sentido, lo quitaba. De ahí su brusca desaparición empujada por el potente embate de mis gritos.

La energía de mis gritos era similar a la de un túnel de viento en el que humanos o transhumanos, ataviados con casco y gafas de piloto efectúan vuelos estáticos similares a la caída libre de un paracaidista.

El aprendiz de monje se sacó a la mujer de su maestro por las narices, es decir, salió como sale una tenia tras darle un tósigo a su albergador. La tenia salió poco a poco, con cierta timidez. La mujer del maestro salió poco a poco, puta y apaleada. Pero santa.

De mi hermano, no sé qué habría salido, habría que haber estado allí presente para verlo, para saberlo, para estudiarlo. Ahora que mi hermano era un bodhisattva azul, ya no lo podría saber nunca, aunque de esos seres se cuentan cosas increíbles.

De mí, sí sé lo que salen. Salen palabras, salen olas, salen arenas. Las palabras salen ahora como antes salían gritos. Al salir palabras, siento que mi fuerza decrece, que mi grito huracanado se doma y se vuelve grito común. Al poco, me extinguiré. Al poco, como un grito sometido a las limitaciones de la acústica, me iré deshaciendo, disolviendo. Ya no moveré moléculas. Ya no provocaré movimientos en ellas oscilatorios. Al disolverme, seré lo contrario de lo que era. Hasta el recuerdo de la mujer del notario se extinguirá conmigo.

Del suelo, comenzó a alzarse otra hoja de loto. También era blanca. La hoja osciló como una bandeja portada por un camarero algo bebido, tocado, con una leve pero manifiesta intoxicación etílica. Parecía vacía. De la hoja, salía una semiesfera de luz. Era como si mi cuarto blanco se hubiera convertido en el laboratorio de pruebas de una tienda de lámparas. Pero lo que ocurría iba más allá de la luz.

La luz es solo una añagaza para que la gente se acerque. En eso, se parece al placer, que es otra añagaza que usa entre otros el sexo. Los muros se alzan para que los paisajes puedan existir en nuestras mentes. Las fronteras se alzan para que los países puedan existir. Las fronteras y los muros están hechos de palabras.¿Para qué se alzan las palabras, esa condena humana de dos caras?

Dejé la estilográfica en la mesa, me levanté y, con ligeras oscilaciones de cabeza, me acerqué a la otra hoja de loto que oscilaba en el aire. Las dos hojas anteriores estaban como antes, quietas, resplandeciendo, con sus moradores cómodamente instalados. Esta otra, la nueva, parecía plegada en los bordes, como una fuente, un bol, una ensaladera. De ella salía una semiesfera de luz. No sentía ganas de gritar ahora. Tampoco de contar olas. Ni siquiera la cabeza intentaba, aunque fuera muy levemente, moverse espasmódicamente de un lado a otro. Estaba poseído por una calma eterna, infinita, heredera de un tiempo desconocido tras tantos años esperando.

El coro producía un murmullo sordo. Yo estaba en una habitación que era blanca, pero que se fue volviendo negra. Estaba solo, con las hojas blancas. ¿Existiría la forma de liberarse de las palabras, de no vivir en ellas?

Me alcé entonces de puntillas y me dispuse a ver qué había allí adentro.